国家社科基金重大项目《巴蜀全书》（10@zh005）
四川省重大文化工程《巴蜀全书》（川宣〔2012〕110号）

绝句衍义笺注
（增订本）

〔明〕杨慎 著
王仲镛 王大厚 笺注

浙江古籍出版社

图书在版编目(CIP)数据

绝句衍义笺注 / (明) 杨慎著 ; 王仲镛, 王大厚笺注. —增订本. —杭州 : 浙江古籍出版社, 2020.5(2024.6 重印)
ISBN 978-7-5540-1738-8

Ⅰ.①绝… Ⅱ.①杨… ②王… ③王… Ⅲ.①绝句—注释—中国—明代 Ⅳ.①I222.748

中国版本图书馆 CIP 数据核字(2020)第 055414 号

绝句衍义笺注(增订本)

[明]杨慎 著 王仲镛 王大厚 笺注

出版发行 浙江古籍出版社
(杭州市环城北路 177 号 邮编:310006)
网　　址 www.zjguji.com
封面题字 王大厚
责任编辑 刘 蔚
文字编辑 周 密
封面设计 吴思璐
责任校对 吴颖胤
责任印务 楼浩凯
照　　排 浙江大千时代文化传媒有限公司
印　　刷 浙江海虹彩色印务有限公司
开　　本 850mm×1168mm 1/32
印　　张 7
字　　数 182 千
版　　次 2020 年 5 月第 1 版
印　　次 2024 年 6 月第 2 次印刷
书　　号 ISBN 978-7-5540-1738-8
定　　价 36.00 元

前　言

杨慎，字用修，号升庵，四川新都人。生于明孝宗弘治元年（1488），武宗正德六年（1511）殿试第一，年二十四，授翰林院修撰。世宗嘉靖三年（1524），因“议大礼”（参阅附录《明史·杨慎传》），两次被廷杖，毙而复苏，随即谪戍云南永昌卫（今云南省保山县），时年三十七。嘉靖三十八年（1559）卒于戍所，时年七十二岁。

升庵既然大大得罪了皇帝，在封建时代，政治上自然就断绝了出路。但他并不灰心丧气，后半生虽在边荒度过，无论在学术上，在文学上，他的成就却极大。著述百余种，诗文词曲俱工。诗作和诗论，更能在七子复古风气之外，独树一帜。以学者而兼诗人，这在当时和后代，都是为人所公认的。

在升庵的诗学著述中，唐诗是他特别重要的一个方面，其中尤注意绝句。他的父亲杨廷和是正德、嘉靖两朝的宰相。他随父在京十八年，又为翰林院修撰，值文渊阁，备览中秘之书，搜讨甚勤。著成《绝句衍义》四卷；《绝句辨体》八卷，《附录》一卷；《唐绝搜奇》一卷；《唐绝增奇》五卷；《五言绝句》《六言绝句》各一卷；又有《唐音精绝》《唐绝精选》《唐音百绝》《近体四音》等，这是前人所不曾有过的。可惜流传稀少，像《绝句衍义》这本书，有的专家学者，也说没有见过。今据北京图书馆善本部所藏明曼山馆刻本，加以校笺注释，以飨读者，也为研究唐诗的同志，提供一份重要参考资料。

这本书的主要特色和意义，我们认为大约有以下几点：

第一，它比较全面地反映了唐绝的风貌。从升庵序言可知，这本书是在宋人章、涧二泉所选唐绝的基础上完成的。二泉的书，“体例出于唐人，故与《极玄集》之类相似，虽李、杜、韩诸家，皆不在选”（《四库提要》）。有其特色，却不能反映唐绝的全貌。升庵此选，虽只一百零四首，面却相当广。首选六朝梁武帝、魏收、梁简文帝、萧子显、江总诸家各一首，以溯其源，见未有七律之先，已有绝句之体。而破宋、元以来以绝句为截句，是截七律前后，或中央、首尾二联而成之非。这在当时，还是一个创见，而为我们今天的文学史家所承认。唐绝中，他选三首以上的，有李白、张旭、韩愈、白居易、杜牧、罗邺、王涣、无名氏；两首的，有王昌龄、杜甫、刘禹锡、张仲素、李余、朱庆余、戎昱、陆龟蒙、李郢、李商隐、司空图、韦庄；其余选一首的有四十六家，在一定程度上做到了不拘一格，而能兼顾到初盛中晚的不同家数、不同流派及其重要作者。诗后所加评语，“或阐其义意，或解其引用，或正其讹误，或采其幽隐”（《绝句衍义》序），要言不烦，尤多精当，富于启发性。所以后来焦竑编集《升庵外集》时，大都采入“诗品”（即《升庵诗话》）和“词品”两类当中，常为后世学者所推崇和引述。本书附载焦评十四条，语亦颇精。

第二，它有意识地接触到了唐代诗歌与音乐的关系问题。唐代诗人创作的古体诗，虽然有一部分叫作乐府或新乐府，实际早已不能歌唱。其传在人口，在社会上广泛得到人们爱好，用以入乐的歌辞，则是五、七言绝句。升庵是最早对于这一现象加以注意的一个人。他说：“唐世乐府，多取当时名人之诗唱之，而音调名题各异。”（《绝句衍义》卷一《赠花卿》诗评语）因而历举各家绝句被选入乐府的，以采入本书，如《水调·入破第二叠》（杜甫《赠花卿》）、《伊州歌》（王维）、《胡渭州》（张仲素）、《梁州歌》（王之涣）、《氐州第一》（张祜）、《甘州歌》（符载）、《凉州》（无名氏）、《簇拍六州歌头》（岑参）、《突厥三臺》（盛小丛）、《水调歌》（无名氏）、《水鼓子》（无名氏）、《苏摩遮》（张说）等，皆当时所传唱。以至《陇西行》（陈陶）、《塞下曲》（张仲素）、《长信秋词》（王昌龄）、《越溪怨》（后朝光）之类，属于乐府性质的，亦所采录。同时还注意有取于民间歌曲，而由诗人创为新声，以传唱于人口的《竹枝》和《柳枝》诸调，采录多首。凡此与音乐有关的绝句，几占全书四分之一。说明升庵已经意识到应当从诗与乐的关系上，来探讨唐代诗歌之所以为广大人民所喜爱，而得以繁荣发展的问题。惜乎他因种种条件限制，没能进一步深入下去。后来王士禛说："逮于有唐，李、杜、韩、柳、元、白、张、王、李贺、孟郊之伦，皆有冠古之才，不沿齐、梁，不袭汉、魏，因事立题，号称乐府之变。然考之开元、天宝已来，宫掖所传，梨园子弟所歌，旗亭所唱，边将所进，率当时名士所为绝句尔。故王之涣'黄河远上'，王昌龄'昭阳日影'之句，至今艳称之。而右丞'渭城朝雨'流传尤众，好事者至谱为《阳关三叠》。他如刘禹锡、张祜诸篇，尤难指数。由是言之，唐三百年以绝句擅场，即唐三百年之乐府也。"（《万首唐人绝句选》序）这一见解，为文学史家所肯定，实际上是由升庵的启发而来的。

第三，它扩大了选诗的范围，不单注意大家、名家，而且要采其幽隐，收及单家遗逸之作，尤其是相当注意了传奇小说中的诗。升庵说："诗盛于唐，其作者往往托于传奇小说、神仙幽怪以传于后，而其诗大有绝妙今古，一字千金者。"（《升庵外集》卷七十七"唐人传奇小诗"条）这是前人不曾有过的看法。而唐代诗歌繁荣，与小说创作实互相推进，在今天，已成文学史家的共同结论。本书中，如《赠李司空妓》出于孟棨《本事诗》，《杨柳枝》（周德华）出于范摅《云溪友议》，《送红线酒》出于袁郊《甘泽谣》，《玉蕊花》（严休复）出于康骈《剧谈录》，以至“渚宫妓”“湘妃庙仙女”等，都取自传奇小说。即以王涣《惆怅词》、后朝光《越溪怨》、李余《临邛怨》之类，也是取材于汉魏六朝小说，或具有小说意味的历史故事。中晚唐后，大量出现的“游仙诗”“咏史”“宫词”之类，也属这样的作品。这是唐诗为人们所广泛爱好，获得一定社会基础，因而得到很大发展的一个方面。从文学发展的观点来看，升庵注意到了这个现象，也是值得肯定的。

此外，升庵论诗，重风调，主含蓄。这个选本中，多取风华掩映，情韵俱佳之作；也选了一些具有一定思想性的诗篇。总的来说，是更着重于前者。其中还有个别像夏侯审《咏被中绣鞋》这样不十分好的作品。这在我们今天的读者，是能够辨别的。

在我们的整理工作中，对原著的某些讹误之处，审慎地作了一些校改。但升庵所见的唐诗，远比我们为多，有的也许是我们没有见到而搞错了，注释也一定有许多不准确的地方，都望广大读者和唐诗研究工作者予以指正。

1983 年 4 月 8 日稿

【再版赘言】

1980年，先父受邀与王文才先生共理《杨升庵丛书》，承担杨慎诗论方面著作的校理，计有《诗话》四种及《绝句衍义》《千里面谭》诸书。当时本人尚在工厂从事机械制造方面的工作，因为身体原因，工作有所不适，于是父亲命我转学古典文学。自后两三年，承父亲指授提点，所读繁夥。父亲乃取所校《绝句衍义》，命作笺注，以试所学。大约用时一年，完成书稿，父亲以为差强人意。后经王文才先生建议，交四川人民出版社，经张小谷、戴安常、邓南诸先生审查通过，于1984年出版。当时因在工厂，条件不备，参考用书仅凭家藏，且初入此行，见识有限，虽父亲不时指导，其中仍有不少问题未能解决，遗留问题不少。今经三十五年矣，复得浙江古籍出版社拣取不弃，使获重刊。于是重检载籍，翻查资料，改订错讹，辨证是非。但是虽经修订，自知不能尽善，诚望读者在阅读中随时予以指正。

王大厚

2019年10月10日

绝句衍义笺注目录

原　序……………………………………………………………（1）
卷　一……………………………………………………………（5）
白苎辞　梁　武帝 ……………………………………………（5）
怨　诗　江总 ………………………………………………（11）
挟瑟歌　北齐　魏收 ……………………………………（14）
和萧侍中子显春别　梁　简文帝 …………………………（15）
春　别　萧子显………………………………………………（17）
读庾信集　唐　崔涂 ………………………………………（18）
巴陵赠贾舍人　李太白……………………………………（23）
陪族叔侍郎晔及贾舍人至游洞庭 …………………………（26）
又 ………………………………………………………………（27）
白帝下江陵 ……………………………………………………（29）
杜鹃花 …………………………………………………………（31）
横江词 …………………………………………………………（33）
赠花卿　杜子美………………………………………………（34）
伊州歌　王摩诘………………………………………………（40）
胡渭州　张仲素………………………………………………（42）
梁州歌　王之涣………………………………………………（44）
氐州第一　张祜 ……………………………………………（46）
甘州歌　符载 ………………………………………………（48）
凉　州　无名氏………………………………………………（50）

簇拍六州歌头　岑参 …………………………………………（51）
突厥三臺　盛小丛…………………………………………（54）
水调歌　无名氏…………………………………………（57）
水鼓子　无名氏…………………………………………（60）
宫　词　徐凝 …………………………………………（62）
青楼曲　王昌龄…………………………………………（63）
西宫秋怨 …………………………………………（65）
陇西行　陈陶 …………………………………………（68）
吊边人　沈彬 …………………………………………（72）
塞下曲　张仲素…………………………………………（73）
边上闻胡笳　杜牧 …………………………………………（75）
咏　史　胡曾 …………………………………………（78）
赠李司空妓　刘禹锡…………………………………………（79）
上元日寄湖杭二从事　李郢 …………………………………………（82）
夔州竹枝词　刘禹锡…………………………………………（84）
别盈上人　韩退之…………………………………………（86）
酬王舍人雪中见寄 …………………………………………（88）
同张水部籍游曲江寄白二十二舍人 …………………………………………（89）
苏摩遮　张说 …………………………………………（90）
白　莲　陆龟蒙…………………………………………（93）
昌谷北园新笋　李贺 …………………………………………（95）
题阳人城　吕温 …………………………………………（98）
卷　二…………………………………………（101）
仙游寺　朱庆余 …………………………………………（101）
闺意上张水部…………………………………………（102）

答朱庆余　张籍 ……………………………………………… (104)
第三岁日咏春风凭杨员外寄长安柳　元微之 ……… (105)
王舍人竹楼　李嘉祐 ………………………………………… (106)
杨柳枝　无名氏 ……………………………………………… (108)
杨柳枝　韩琮 ………………………………………………… (110)
杨柳枝　周德华 ……………………………………………… (112)
高使君别宴　渚宫妓 ………………………………………… (113)
柳枝词　薛能 ………………………………………………… (115)
柳　李义山 …………………………………………………… (117)
垂　柳　唐彦谦 ……………………………………………… (118)
暮江吟　白乐天 ……………………………………………… (120)
寄明州于驸马 ………………………………………………… (122)
早　梅　戎昱 ………………………………………………… (125)
梅花坞　陆希声 ……………………………………………… (126)
霁　雪　戎昱 ………………………………………………… (127)
九日作　王缙 ………………………………………………… (128)
柳　杜牧 ……………………………………………………… (129)
酬严给事玉蕊花　白乐天 …………………………………… (130)
旅　望　孟迟 ………………………………………………… (131)
卷　三 ………………………………………………………… (134)
馆娃宫怀古　皮日休 ………………………………………… (134)
景阳井　李义山 ……………………………………………… (137)
嘉陵江　罗邺 ………………………………………………… (138)
萤 ……………………………………………………………… (140)
咏　史　钱珝 ………………………………………………… (141)

咏被中绣鞋　夏侯审 …………………………………… (143)
越溪怨　后朝光 ……………………………………………… (145)
观　棋　段成式 ……………………………………………… (145)
送棋客　陆鲁望 ……………………………………………… (148)
重阳阻雨　司空图 …………………………………………… (149)
狂　歌…………………………………………………………… (150)
听　雨　王建 ………………………………………………… (152)
送红线酒　冷朝阳 …………………………………………… (154)
陈武帝蚌盘　孙元晏 ………………………………………… (156)
江行西望寄友　韦庄 ………………………………………… (158)
古别离…………………………………………………………… (159)
冬日送客　僧皎然 …………………………………………… (161)
行次汉上　僧无本 …………………………………………… (162)
题兰江言上人院　僧贯休 …………………………………… (164)
湘妃庙　仙女 ………………………………………………… (166)
卷　四…………………………………………………………… (168)
宿杭州虚白堂　李郢 ………………………………………… (168)
晦日呈诸判官　韩滉 ………………………………………… (169)
中秋月　成文干 ……………………………………………… (170)
乐府杂词　刘言史 …………………………………………… (172)
惆怅词　王涣 ………………………………………………… (175)
又………………………………………………………………… (176)
又………………………………………………………………… (178)
春　草　张旭 ………………………………………………… (179)
桃花矶…………………………………………………………… (180)

山行留客…………………………………………………………（182）
春游值雨…………………………………………………………（182）
书堂饮散邀李尚书下马月下赋绝句　杜子美　………（183）
闺　怨　罗邺　……………………………………………………（185）
登乐游原　杜牧　………………………………………………（186）
观祈雨　李约　…………………………………………………（188）
哀蜀人为南诏所俘　雍陶　…………………………………（189）
章仇公席上咏真珠姬　何兆　………………………………（192）
临邛怨　李余　…………………………………………………（193）
寒　食……………………………………………………………（195）
华清宫　杜常　…………………………………………………（197）
玉蕊花　严休复　………………………………………………（200）
读杜紫微集　崔道融　…………………………………………（202）
附　录……………………………………………………………（205）
明史・杨慎传……………………………………………………（205）
唐绝增奇序………………………………………………………（206）
绝句辨体序………………………………………………………（207）
唐绝精选序………………………………………………………（208）

绝句衍义序

谢叠山注章泉、涧泉所选唐诗百绝，敷衍明畅，多得作者之意，艺苑珍之。顷者，愚山张子谓余曰："唐人绝句之佳者良不翅是，为之例也则可，曰尽则未也。"属余厗取百首注之，久未暇。丙辰之夏，连雨闭门，因取各家全集及洪氏所集随阅，得百首，因笺而衍之。或阐其义意，或解其引用，或正其讹误，或采其幽隐。因序之曰：

近日多为禅梵绝学之说，或以六经为糟粕而薄之，又以为尘埃而拂之，又以为赘疣而去之，又以为障翳而洗之。不畏天命，狎大人，侮圣言。六经且然，何有于诸子百氏乎？间有志于好古者亦曰："观书必去注，诗不必注，讽诵之久，真味自出。"余诘之曰："《书》云：'孝乎！惟孝，友于兄弟，施于有政，是亦为政。'非孔子之注《书》乎？'有物必有则，民之秉彝也，故好是懿德。'非孔子之注《诗》乎？譬之食焉，'是蔗是蓘''实坚实好'矣，又必'或舂或揄，或簸或蹂，释之叟叟，烝之浮浮'，而后得饔飧。岂能吞麦芒，食生米乎？真味何由出也。"甚矣！近日学之"卤莽灭裂"，"矞宇委琐"，自欺而又欺人也。"卿自用卿法，吾自用吾法”，因以印可于愚山云。

嘉靖丙辰夏五之望升庵杨慎书。

【校】

“是蘼是蓘”语出《左传·昭公元年》，“是蘼”作“是穮”；“裔宇委琐”语出《荀子·非十二子》篇，“委琐”作“嵬琐”。“吞麦芒”原讹作“吞夌芒”，今改正。

【笺注】

〔谢叠山注章泉、涧泉所选唐诗百绝〕 谢枋得，字君直，号叠山，南宋爱国诗人。曾举理宗宝祐进士，以对策语侵贾似道，诬以居乡不法，谪居兴国军。赦归，授江东提刑，知信州。宋亡，居闽中，福建参政强之北行，至都，不食卒。世称“叠山先生”，有《叠山集》。《宋史》有传。其《注解章泉涧泉二先生选唐诗》（一名《唐诗绝句精选》），今传于世。《四库未收书目提要》云：“章泉者，赵蕃，字昌父；涧泉者，韩淲，字仲止，皆江西上饶人，为清江刘子羽之门弟子。当时名人魁儒如叶适、汤汉皆推重之。此书五卷，自韦应物至吕洞宾共五十四人，计诗一百单一首，皆七言绝句也。而李白、杜甫、韩愈、元稹之流，皆不在选，唯刘禹锡选至十四首为最多，其余诸家皆寥寥。盖其体例出于唐人，故与《极玄集》之类相似。枋得之注，能得唐诗言外之旨，可以为读唐诗者之津筏。”云云。

〔愚山张子〕 张含，字愈光，号禺山，一作愚山。云南永昌卫人，与升庵为同门诗友，赏奇析疑，老而弥笃。有《愚山集》。

〔不翅〕　翅，通“啻”，不只也。

〔庡〕　升庵以为古“续”字。

〔洪氏所集〕　指宋洪迈《万首唐人绝句》。

〔不畏天命、狎大人，侮圣言〕　《论语·季氏》：“孔子曰：‘君子有三畏：畏天命，畏大人，畏圣人之言。小人不知天命而不畏也，狎大人，侮圣人之言。’”此用其语。

〔《书》云：孝乎云云〕　《论语·为政》：“或谓孔子曰：‘子奚不为政？’子曰：‘孝乎！惟孝，友于兄弟，施于有政，是亦为政。奚其为为政？’”

〔有物必有则云云〕　《孟子·告子上》：“《诗》云：‘天生蒸民，有物有则；民之秉彝，好是懿德。’孔子曰：‘为此《诗》者，其知道乎？故有物必有则，民之秉彝也，故好是懿德。’”

〔是蔍是蓘〕　用《左传·昭公元年》“譬如农夫，是穮是蓘；虽有饥馑，必有丰年”语。穮，音镳，与蔍通，耘也。蓘，音衮，以土壅苗根也。这是说种植。

〔实坚实好〕　见《诗经·大雅·生民》。《孔疏》：“其粒实皆坚成，实又齐好。”这是说收成。

〔或舂或揄四句〕　见《诗经·大雅·生民》。《毛传》：“揄，杼臼也；或簸糠者；或蹂黍者；释，淅米也；叟叟，声也；浮浮，气也。”此言舂、簸、淘、蒸。

〔饔飧〕　《孟子·滕文公》：“饔飧而治。”赵岐注：“熟食也。朝曰饔，夕曰飧。”以上是用饮食必须有一个从栽种到蒸煮的过程，人们才能享用。比喻读书学文，必须是细心理解，囫囵吞枣便不可能吸收消化。

〔卤莽灭裂〕 语出《庄子·则阳》篇：“君为政焉勿卤莽，治民焉勿灭裂。昔予为禾耕而卤莽之，则其实亦卤莽而报予；芸而灭裂之，则其实亦灭裂而报予。”郭象注云：“卤莽灭裂，轻脱末略，不尽其分也。”粗疏轻率则事败，此谓自欺。“卤”，今通作“鲁”。

〔矞宇委琐〕 语出《荀子·非十二子》：“矞宇嵬琐，使天下混然不知是非治乱之所存者有人矣。”杨倞注：“矞与谲同，诡诈也；宇，大也，放荡恢大也；嵬，谓狂险之行也；琐，谓奸细之行也。”王先谦《集解》云：“嵬琐，犹委琐也。”诡诈奸狂，此言欺人。

〔卿自用卿法，吾自用吾法〕 《世说新语·方正》篇：“王太尉不与庾子嵩交，庾卿之不置。王曰：‘君不得为耳!’庾曰：‘卿自君我，我自卿卿，我自用我法，卿自用卿法。’”此借用其语，即你有你的看法，我有我的主张的意思。卿，你的敬称。司马贞《史记索隐》：“卿者，时人尊重之号，犹如相尊美亦称子然也。”（见《荆轲传》）

〔印可〕 印证许可，表示同意的意思。语出《维摩经弟子品》：“若能如是宴坐者，佛所印可。”

绝句衍义笺注卷一

白 苎 辞

梁　武帝

朱丝玉柱罗象筵，　飞琯促节舞少年。
短歌流目未肯前，　含笑一转私自怜。

此喻君臣朋友相知不尽者也。《楚辞》："私自怜兮何极。"三字极有意。杜诗"唤人看騕褭，不嫁惜娉婷"，亦是此意。陈后山诗"当年不嫁惜娉婷，施朱傅粉学后生""不惜卷帘通一顾，怕君着眼未分明"，尤见其意矣。人君之聘臣，宰相之荐贤，相知必深，相信必素，而后可出。"曰黄昏以为期兮，羌中道而改路""交不终兮怨长，期不信兮告予以不闲"，屈子所以三致意而怨叹也。还观古今，炯戒多矣。有相知相信之深，一出而成功者，伊尹、傅说也；有相知相信未深，确乎不拔者，严子陵、苏云卿也。孔明感三顾而出，先主终违草庐之言，守小信不取荆州，狼狈当阳，欲奔苍梧，非孔明求救孙将军，是亦刘表而已。后人好议论者，犹云"只合终身作卧龙"。下此，如苻秦之王猛、唐氏之魏徵，不思其身后之言，伐晋、伐高丽，以致败亡。余谓二君之骄忿甚矣，王猛、魏徵纵不死，亦不能止其行也。又下则范增、韩生而已，是女之“见金夫”而“不有躬”者也。

宋人诗话以此诗为古今第一，良有深见，而不著其说，余特为衍之。

【校】

白苎，一作白纻。陈徐陵《玉台新咏》卷九载有梁武帝《白纻辞》二首，此其第一首。宋郭茂倩《乐府诗集》卷五十五所载同。《文苑英华》卷一百九十三亦载此辞，其“琯”作“管”；“私自怜”作“自知怜”。

“交不终兮怨长，期不信兮告予以不闲”，此《九歌·云中君》中句，见《楚辞章句》卷二。“予”原误作“子”，今据改。“终”，《云中君》作“忠”。

【笺注】

〔白苎辞〕　此舞曲歌辞。《乐府诗集》卷五十五《白纻舞歌诗》题解云：“《宋书·乐志》曰：‘《白纻舞》，按舞辞有巾袍之言，纻本吴地所出，宜是吴舞也。”又引《乐府解题》曰：“古词盛称舞者之美，宜及芳时为乐。其誉白纻曰：‘质如轻云色如银，制以为袍余作巾，袍以光躯巾拂尘。’”复于所载武帝《梁白纻辞二首》下引《古今乐录》曰：“梁三朝乐第二十设《巾舞》并《白纻》，盖《巾舞》以《白纻》四解送也。”解，套曲中，一曲称一解。送，伴送，即配唱的意思。

〔梁武帝〕　梁武帝萧衍，字叔达，南兰陵人。系南齐宗室，官雍州刺史，都督军事，镇襄阳。时齐帝宝卷淫昏，衍因兄懿有功被杀，起兵入建康，杀宝卷，立南康王宝融为帝。不久又废之自立，建国号梁。在位四十八年，侯景陷台城，被饿杀。衍长于文学，通音律，有集行世，今已佚。

〔朱丝玉柱〕　朱丝，指琴瑟的红色丝弦。玉柱，玉制的琴桥。《文选》江淹《别赋》："掩金觞而谁御，横玉柱而沾轼。"李善注："论曰：鼓琴者于弦设柱，然琴有柱，以玉为之。""朱丝玉柱"泛指精美的乐器。

〔罗象筵〕　罗，陈列。象筵，以象牙为箸或装饰，陈设富丽的筵宴。

〔飞琯促节舞少年〕　琯，音管，管状乐器，指箫笛之类。促节，音乐飞跃的旋律，节拍急促紧张。这是说，宴会上急管繁弦，少年的歌儿舞女们正在进行着翩跹的舞蹈。

〔短歌流目二句〕　这是设想为宴会上的一个舞女而言的，她口里唱着歌辞，流动美目，睇视着心中所属意的人，却不肯靠近他，含情微笑，一下子又转过身去了，而内心里是深深爱怜，不能自已。

〔私自怜兮何极〕　此宋玉《九辩》中的句子。见《楚辞章句》卷八："私自怜兮何极，心怦怦兮谅直。"王逸注云："哀禄命薄，常含戚也。志行中正，无所告也。"《九辩》序曰："宋玉，屈原弟子。闵惜其师忠而放逐，故作《九辩》以述其志也。"此句言自己忠诚正直而不见信于王，想与王断绝又做不到，内心矛盾，徒有无尽的怨愤郁结于胸中。

〔杜诗"唤人看騕褭"二句〕　此引杜甫《秦州见除目，

薛三据授司议郎、毕四曜除监察。与二子有故，远喜迁官，兼述索居，凡三十韵》诗中句，见《九家集注杜诗》卷二十。騕，又作腰，音杳。褭，音鸟。騕褭，神马名。司马相如《上林赋》："騕褭。"张揖曰："騕褭，马金喙赤色，一日行千里者。"

〔陈后山诗四句〕　陈师道，字无己，号后山居士。北宋后期著名诗人，与黄庭坚同为"江西诗派"中领袖人物。此其《小放歌行》二首中第一首之前二句及第二首之后二句。升庵合之为一首。

〔曰黄昏以为期兮二句〕　此屈原《离骚》中语，見《楚辞章句》卷八。期，约定。羌，语助辞，无义。谓当初王尝与我有约，相信我的忠诚，而今却中途反悔抛弃我。

〔交不终兮怨长云云〕　二句屈原《九歌·云中君》中句，见《楚辞章句》卷二。言君臣关系破裂，给自己带来了深长的哀怨。

〔屈子所以云云〕　"屈子"，指屈原。此句之意，谓屈原之所以再三怨叹，是由于楚王对他相知不深，相信不诚。

〔炯戒〕　炯，光明，明亮。炯戒，彰明昭著的警戒。班固《幽通赋》："既讯尔以吉象兮，又申之以炯戒。"

〔伊尹、傅说〕　伊尹，商汤的宰相。《史记·殷本纪》云："伊尹名阿衡。阿衡欲干汤而无由，乃为有莘氏媵臣，负鼎俎，以滋味说汤，致于王道。或曰：伊尹处士，汤使人聘迎之，五反然后肯往从汤。言素王及九主之事，汤举任以国政。"傅说，殷高宗武丁之相。《史记·殷本纪》云："武丁夜梦得圣人，名曰'说'。以梦所见视群臣百吏，皆非也。于是乃使百工营求之野，得说于傅险中。是时说为胥靡，筑于傅险。见于武丁，武丁曰：‘是也。’得而与之语，果圣人，举以为相，殷国大治。故遂以傅险姓之，号曰‘傅说’。”

〔确乎不拔〕　《易·乾·文言》：“乐则行之，忧则违之，确乎其不可拔，潜龙也。”此借用其语，言苏、严二人守志之坚。

〔严子陵〕　严子陵，名光，会稽余姚人。汉光武帝刘秀微时，曾和他一起游学。刘秀登皇帝位，光变姓名垂钓于齐国泽中，光武屡次遣使聘之，授谏议大夫。然子陵终不受命，年八十卒于家。《后汉书》有传。

〔苏云卿〕　苏云卿，广汉人，少与张浚为布衣之交。宋高宗绍兴间隐居于豫章东湖。张浚为相后派人招之，云卿却连夜遁去。《宋史》有传。

〔先主终违草庐之言云云〕　诸葛亮《隆中对》云：“荆州北据汉沔，利尽南海，东连吴会，西通巴蜀，此用武之国。而其主不能守，此殆天所以资将军，将军岂有意乎？”后刘表死，刘备不忍乘机夺取荆州，卒遭当阳长坂之败。苍梧，湖南零陵。孙将军，指东吴孙权。孔明说合孙、刘，大破曹军于赤壁。

〔只合终身作卧龙〕　薛能《开元观闲游因及后溪偶成二韵》诗：“山屐经过满径踪，隔溪遥见夕阳春。当时诸葛成何事？只合终身作卧龙。”孔明隐居隆中，号卧龙。此言其不当出仕也。《王直方诗话》引李希声云：“舒王（王安石）罢政事时，居州东刘相宅，于东院小厅题‘当时诸葛成何事，只合终身作卧龙’者数十处。”亦自悔出仕之意。

〔苻秦之王猛〕　苻坚建大秦国，史称前秦。王猛，字景略，北海剧人。仕前秦，历官重职，权倾内外，深得苻坚信任。及临终，戒谏苻坚曰：“臣没之后，愿不以晋为图。”然苻坚不用其言，大举伐晋，被晋谢安、谢玄大破于淝水之上，终至败亡。

〔唐氏之魏徵〕　魏徵，字玄成，钜鹿人，唐太宗朝名相，封郑国公，以直言敢谏著称。魏徵死后，太宗亲征高丽，所费过当。太宗深悔之，叹曰："魏徵若在，不使我有是行也。"

〔范增、韩生〕　范增，居鄛人，项羽的谋士。项羽尊之为"亚父"，却并不信任他，多次拒绝他的正确建议。后项羽听信陈平的反间计，疑他与汉有私，逐之，疽发背而死。事见《史记·项羽本纪》。韩生，指韩信。信，淮阴人。初事项羽，不见用。奔刘邦，拜为大将。将兵定齐、赵，立为齐王。楚人武涉、齐人蒯通都劝他拥兵自立，信不听。项羽灭，刘邦畏恶其能，夺其兵，徙为楚王，又再降为淮阴侯。最后以谋反罪杀之，灭三族。见《史记·淮阴侯列传》。

〔女见金夫不有躬〕　《周易·蒙卦》："六三：勿用取女，见金夫不有躬，无攸利。"魏王弼注曰："六三在下卦之上，上九在上卦之上，男女之义也。上不求三，而三求上，女先求男者也。女之为体，正行以待命者也。见刚夫而求之，故曰不有躬也。施之于女，行在不顺，故勿用取女，而无攸利。"其原意谓那种见了有钱的男子，就不由自主地想嫁给他的女人，娶了是没有好处的。躬，自身。不有躬，即不由自主之意。《礼记·坊记》："父母在，不敢有其身。"升庵于此取"见金夫不有躬"之义，谓范、韩二人与刘、项相知不深，一见恩幸就贸然相从，竟致凶终。

〔宋人诗话云云〕　许觊《彦周诗话》云："梁武帝为《白纻舞词》四句，令沈约改其词为四时白纻之歌，帝词云云。嗟夫丽矣，古今当为第一也。”升庵语指此。

按：此诗原意，不过描写在热闹的歌舞场合当中，一个少年舞女对她所属意的人，表现出的一种宛转羞涩的情态，并从而揣摩当时她那矜持踌躇的心理。其意味是深长的。升庵却抓住这点意思，把它生发开来，和封建时代有才之士的出处进退互相比附，引证许多历史事实，说明得君行道之不易。因而告诉人们：应当像这位少女一样，时刻保持着矜慎的态度，不要轻易以身相许。对此，他在《诗话》卷八解释杜诗“不嫁惜娉婷”一句时，还作过再一次的说明。今并录如下：“杜子美诗‘不嫁惜娉婷’，此句有妙理，读者忽之耳。陈后山衍之云：‘当年不嫁惜娉婷，傅粉施朱学后生。’‘不惜卷帘通一顾，怕君着眼未分明。’深得其解矣。盖士之仕也，犹女之嫁也；士不可轻于从仕，女不可轻于许人也。‘着眼未分明’，相知之不深也。古人有相知之深，审而始出以成其功者，伊尹、孔明是也；有相知不深，确乎不出以全其名者，严光、苏云卿是也；有相知不深，闯然以出，身名俱失者，刘歆、荀彧是也。白乐天诗：‘寄言痴小人家女，慎勿将身轻许人。’亦子美之意乎！”升庵少年得志，中年废逐，于此感触尤深，而又非能明言，故借此一再致意焉。

怨　诗

江总

采桑归路河流深，　忆昔相期柏树林。
奈许新缣伤妾意，　无由故剑动君心。

六朝之诗，多是乐府，绝句之体未纯，然高妙奇丽，良不可及。溯流而不穷其源，可乎？故特取数首于卷首，庶乎免于“卖花担上看桃李”之诮矣。

古乐府《下山逢故夫》诗曰：“新人工织缣，旧人工织素。” “故剑”，用干将、莫邪雌雄二剑离而复合事。

【笺注】

〔怨诗〕　《乐府诗集》卷四十一“相和歌辞”《怨诗行》下收此诗，属乐府楚调曲。郭茂倩注引班婕妤《怨诗行》序曰：“汉成帝班婕妤失宠，求供养太后于长信宫，乃作怨诗以自伤，托辞于纨扇云。”

〔江总〕　江总，字总持，考城人，历仕梁、陈、隋三朝。陈后主时，江总以尚书令主持朝政，世称“江令”。他虽位居宰辅，但不理政事，日与后主游宴后庭，竞作艳诗，当时号为“狎客”。

〔奈许新缣句〕　奈，无奈；许，此，这。奈许，犹言无奈此。缣音兼，黄绢。此句是用升庵所引古乐府之典，诗见《玉台新咏》卷一，题作《古诗》。以新缣指代新人，素绢指代旧人。言新人喜，旧人悲之意。

〔故剑〕　《汉书·外戚传》：宣帝初娶啬夫许广汉女平君，及“立为帝，平君为婕妤。大将军（霍光）有小女，与皇太后有亲，公卿议更立皇后，皆心仪霍将军女，亦未有言。上乃诏求微时故剑，大臣知指，白立许婕妤为皇后”。此句言无法使他想起当初的情分而回心转意。实际上是说对方只顾新欢，不念旧情。

〔卖花担上看桃李〕　明瞿佑《归田诗话》下卷“汴梁风土”条记宋东京士人语：“卖花担上观桃李，拍酒楼前听管弦。”卖花担上只见花枝而不见其全体，故升庵用以讥人之满足于一知半解，而不穷求事物之本源者。

〔干将、莫邪云云〕　干将，吴人，与欧冶子师出同门，为著名铸剑匠人。莫邪为其妻子。吴王阖闾使干将铸剑。干将取五山之精铁铸成雌雄二剑，一名干将，一名莫邪，其利无比。干将隐匿雄剑，而只献雌剑于吴王（见《吴越春秋》卷四《阖闾内传》）。二剑离而复合事，见《晋书·张华传》。张华，字茂先，范阳方城人，贫苦好学，博闻强记。晋武帝时以伐吴功，封广武侯，征为宰相。惠帝时为赵王司马伦所杀。著有《博物志》，今存。传载张华见斗牛间常有紫气，问于豫章人雷焕。焕曰：“此宝剑之精上彻于天耳，在豫章丰城。”华遣焕往寻，焕到县，果得双剑。焕以一剑与华，留一自佩。或谓焕曰：“得两送一，张公岂可欺乎？”焕曰：“本朝将乱，张公受其祸，此剑当系徐公墓耳。灵异之物，终当化去，不永为人服也。”华得剑报焕曰：“详观剑文，乃干将也，莫邪何复不至？虽然，天生神物，终当合耳。”后张华被害，剑失所在。焕死，其子雷华持剑过延平津，剑忽自跃入水。使人没水取之，但见两龙，各长数丈，于是失剑。雷华曰：“先君化去之言，张公终合之论，此其验乎！”升庵谓诗中“故剑”用此典，误，说见前注。

按：此诗之意，是借用古乐府中所咏的男女欢爱不终，以喻人情之喜新厌旧。

挟瑟歌

北齐 魏收

春风宛转入曲房， 兼送小苑百花香。
白马金鞍去未返， 红妆玉箸下成行。

此诗缘情绮靡，渐入唐调。李太白、王少伯、崔国辅诸家皆效法之。

【笺注】

〔挟瑟歌〕 《玉台新咏》卷一载后汉宋子侯《董娇娆》诗，中有“吾欲竟此曲，此曲愁人肠。归来酌美酒，挟瑟上高堂”之句，此诗即取之以为题。《乐府诗集》卷八十六载此诗入“杂歌谣辞”，另有唐陆龟蒙同题五言六句一首。

〔魏收〕 魏收，字伯起，初仕北魏，典起居注兼中书舍人，与温子升、邢邵齐名，世称“三才”；又与邢邵并称“邢、魏”。至齐受魏禅，拜中书令兼著作郎，后除光禄大夫、尚书右仆射。著有《魏书》一百二十卷，今传于世。《北齐书》有传。

〔曲房〕 枚乘《七发》：“往来游宴，纵恣乎曲房隐间之中。”这里是指妇女幽邃的闺房。

〔小苑〕 苑，《吕氏春秋·重己》注：“畜禽兽之所，大曰苑，小曰囿。”后世多指养植禽兽花木以供游赏的地方，即庭院、花园。小苑，即人家小巧的庭园。

〔白马金鞍去未返〕　“白马金鞍”代指夫婿，意思是说夫婿从征未回。《玉台新咏》卷一载古乐府《日出东南隅行》有句云：“东方千余骑，夫婿居上头。何以识夫婿，白马从骊驹。青丝系马尾，黄金络马头。腰间鹿卢剑，可直千万余。”

〔玉箸〕　此指长流的珠泪。《白孔六帖》：“魏甄后面白，双泪垂如玉箸。”

〔缘情而绮靡〕　陆机《文赋》：“诗缘情而绮靡。”意思是说：诗缘情志而发抒，但文辞应绮丽而华美。

〔王少伯〕　王昌龄，字少伯。生平见本卷《青楼曲》注。

〔崔国辅〕　崔国辅，吴郡人。开元中授许昌令，累迁集贤院直学士、礼部员外郎，后坐法贬竟陵郡司马。

〔李、王、崔诸家皆效法之〕　三人皆有与这首诗内容和风格相似的宫怨、闺情诗。例如李白的《长门怨》：“桂殿长愁不记春，黄金四壁起秋尘。夜悬明镜青天上，独照长门宫里人。”王昌龄的《西宫春怨》：“西宫夜静百花香，欲卷珠帘春恨长。斜抱云和深见月，朦胧树色隐朝阳。”崔国辅的《白纻词》：“洛阳梨花落如霰，河阳桃花生复齐。坐恐玉楼春欲尽，红绵粉絮裛妆啼。”等等，都是升庵所谓“缘情绮靡”之作。

和萧侍中子显春别

梁　简文帝

别观蒲桃带实垂，　江南豆蔻生连枝。
无情无意尚如此，　有心有恨徒自知。

《诗》云：“隰有苌楚，猗傩其枝，夭之沃沃，乐子之无知。”此诗祖其意。

【校】

《玉台新咏》卷九载简文帝《和萧侍中子显春别》四首，此其第一首，其三句“尚”作“犹”；四句“徒自知”作“徒别离”。

【笺注】

〔和萧侍中子显春别〕　这首诗是简文帝对萧子显所作《春别》四首的和诗第一首。此录萧子显原诗以便对读：“翻莺度燕双比翼，杨柳千条共一色。但看陌上携手归，谁能对此空中忆。”萧子显，字景阳，齐高帝萧道成的孙子，七岁时即封为宁都侯。入梁以后，官黄门侍郎兼侍中，国子祭酒。《梁书》有传。侍中，官名。汉时的加官，加侍中可出入宫禁。南北朝时置门下省，使侍中主之，地位相当于宰相。

〔梁简文帝〕　梁简文帝萧纲，字世缵，武帝衍第三子。《梁书·本纪》说他：“引纳文学之士，赏接无倦。”“雅好题诗，其序云：余七岁有诗癖，长而不倦。”但他的作品伤于轻靡，与徐摛、庾肩吾父子诸人竞为浮艳，所谓“宫体诗”，就是在他的大力提倡下发展起来的。后被侯景所杀。

〔别观蒲桃〕　别观，即别馆。蒲桃，即葡萄。据《汉书·西域传》载：武帝遣李广利伐大宛，宛王与汉约，岁献天马。汉使采蒲桃、目宿种归，种离宫馆旁。

〔江南豆蔻生连枝〕　豆蔻，花名，生江南，有草豆蔻、肉豆蔻之分。宋范成大《桂海虞衡志》："豆蔻花，春末发，初开花，先抽干，有大箨包之。箨解花见，一穗数十蕊。每蕊心有两瓣相并，词人托兴比目连理云。"

〔无情无意二句〕　徒，徒然，白白地。这是说，人尚不如无情无意之物，虽则有心有意，却只能白白地自伤离情别绪而已。

〔《诗》云云〕　这是《诗经·桧风·隰有苌楚》篇的第一章。隰，音习，低湿的地方。苌楚，植物名，又名羊桃。其枝叶柔弱蔓生。猗傩，音阿娜，义与婀娜同，轻盈柔顺的意思。夭，草木茂盛。沃沃，娇柔润泽之貌。其意思是说：低原的苌楚，柔曼的枝叶茂盛而娇润。虽然是无知无觉，却自由自在，实在令人羡慕。

春　　别

萧子显

江东大道日华春，　垂杨挂柳扫轻尘。
淇水昨送泪沾巾，　红妆宿昔已迎新。

昨别下泪而送旧，今已红妆而迎新，娼楼之本色也。六朝君臣，朝梁暮陈，何异于此。

【校】

《玉台新咏》卷九载萧子显《春别》四首，此其第三首。

其二句“扫”作“拂”；四句“迎”作“应”。

【笺注】

〔春别〕　这是萧子显《春别》四首之三，兹录简文帝和诗于下：“可怜淮水去来潮，春堤杨柳覆河桥。泪迹未燥讵终朝，行闻玉佩已相要。”

〔日华〕　太阳的光华。谢朓《和徐都曹诗》：“日华川上动，风光草际浮。”

〔淇水昨送泪沾巾〕　淇水，河名，在今河南省境内。此处“淇水”是用典，非真在淇水之上送别。《诗经·卫衣·氓》：“送子涉淇，至于顿丘。”又：“淇水汤汤，渐车帏裳。”

〔红妆宿昔已迎新〕　红妆，指娼女。宿昔，早晚，言时间很短。

〔六朝君臣，朝梁暮陈〕　六朝时，国祚都很短促，君臣关系，不像唐宋以后那样严肃，历事两朝的人比较多，如徐陵、江总这些文士，都有朝梁暮陈的经历。

按：升庵取这首诗，意在讽刺那些朝秦暮楚，毫无节操的人，所指不限于六朝君臣而已。

读庾信集

唐　崔涂

四朝十帝尽风流，　建业长安两醉游。
惟有一篇杨柳曲，　江南江北为君愁。

庾信，字子山，本梁之臣，后入东魏，又西魏，历后周，凡四朝十帝。

其《杨柳曲》云："君言丈夫无意气，试问燕山那得碑？"盖欲自比班固从窦宪。又云："定是怀王作计误，无事翻覆用张仪。"盖指朱异酿成侯景之乱也。后之议者，悲其失节，而愍其非当事权，此诗云"为君愁"是也。庾信不足责，若冯道身为宰相，而视改朝易姓若弈棋，王安石以为"合于伊尹五就桀"之意。呜乎！为此言，其心可知矣。使其老寿不死，遇靖康之乱，其有不舍残骸，事兀术、斡离卜乎？而宋之大儒编之名臣之列，吾不知其何见也。

【校】

此诗本书原题"唐卢中"。按唐韦縠《才调集》卷七收载此诗，题为崔涂所作。宋洪迈《万首唐人绝句》七绝（二字下略）卷三十八（据文学古籍刊行社影印明嘉靖本）。于崔涂诗后署"芦中"二字，当是崔涂在江南时所作诗的集名。也许升庵初选时，原题"芦中"二字，后之编者不知，误以其为人名而妄改成"卢中"的。清人王士禛《唐人万首绝句选》收录此诗，即径题《芦中集》，而置于卷末无名氏诸作者之中，不与崔涂诗编次在一起。《全唐诗》将《芦中》八首编入卷六百七十九崔涂诗中，又于卷七百八十五无名氏诗中重出此诗。今改作者为"崔涂"。

【笺注】

〔读庾信集〕　庾信，字子山，南阳新野人。父肩吾为梁武帝太子中庶子，掌管记。时信为抄撰学士，与徐摛、徐陵父子并在东宫，出入禁闼，备蒙优宠。文章并皆绮艳，时号“徐庾体”。信尝出使东魏，播誉邺中；后又出使西魏，被强留不还。入北周后，官至骠骑大将军，开府仪同三司，以隋文帝开皇元年卒。凡历四朝十帝（梁武帝、简文帝、元帝，魏恭帝，周孝闵帝、明帝、武帝、宣帝、静帝，隋文帝），皆备受礼遇。但他因梁元帝被西魏杀死，自己却屈身事敌，内心矛盾重重，因而常思故土，叹悲身世，终身不怡。著有《庾子山集》十六卷传世。

〔崔涂〕　崔涂，字礼仙，僖宗光启四年进士，存诗一卷。

〔建业、长安〕　建业，地名。故址在今江苏南京市，汉称秣陵。三国时，孙权建都于此，改称建业。（《三国志·吴志·孙权传》：“十六年徙治秣陵，明年城石头，改秣陵为建业。”）其后东晋及南朝宋、齐、梁、陈皆都于此。晋愍帝司马邺即位，以避讳改称建康。长安，西魏及周所都。

〔杨柳曲〕　即《杨柳歌》，见《庾子山集》卷五。其首段云：“河边杨柳百丈枝，别有长条踠地垂。河水冲激根株危，倏忽河中风浪吹。可怜巢里凤凰儿，无故当年生别离。”“谁言从来荫数国，直用东南一小枝。”盖以杨柳喻梁室，咏其盛衰，以悲家国颠覆，自己流离不归之作。

〔君言丈夫无意气二句〕　意气，犹言气概。《史记·李将军列传》：“会日暮，吏士皆无人色，而广意气自如。”汉和帝永元元年，车骑将军窦宪引兵北伐，大破匈奴单于，登燕然山。乃令班固作铭，勒石纪功。班固，字孟坚，北地人，为东汉著名文学家，以兰台令史修《汉书》一百卷。后窦宪败，连坐被杀。二人《后汉书》皆有传。燕然山，又称燕支山，即今蒙古人民共和国杭爱山。

〔定是怀王作计误二句〕 《史记·屈原列传》："屈平既绌，其后秦欲伐齐，齐与楚从亲，（秦）惠王患之，乃令张仪详（佯）去秦，厚币委质事楚。曰：'秦甚憎齐，齐与楚从亲。楚诚能绝齐，秦愿献商於之地六百里。'楚怀王贪而信张仪，遂绝齐，使使如秦受地。张仪诈之曰：'仪与王约六里，不闻六百里。'楚使怒去，归告怀王。怀王怒，大兴师伐秦。秦发兵击之，大破楚师于丹、淅，斩首八万，虏楚将屈匄，遂取楚之汉中地。怀王乃悉发国中兵以深入击秦，战于蓝田。魏闻之，袭楚至邓。楚兵惧，自秦归。而齐竟怒不救楚，楚大困。明年，秦割汉中地与楚以和。楚王曰：'不愿得地，愿得张仪而甘心焉。'张仪闻，乃曰：'以一仪而当汉中地，臣请往如楚。'如楚，又因厚币用事者臣靳尚，而设诡辩于怀王之宠姬郑袖。怀王竟听郑袖，复释去张仪。"自此以后，楚遂一蹶不振，后怀王竟至囚死于秦。无事，犹言不必、不当。此以怀王喻梁武帝，张仪喻侯景。

〔朱异酿成侯景之乱云云〕 朱异，字彦和，梁武帝时独掌朝政军务。《南史·朱异传》说他"居权要三十余年，善承上旨，故特被宠任，历官自员外、常侍至侍中四官，皆珥貂；自右卫率至领军四职，并驱卤簿，近代未之有也"。侯景，字万景，初为魏将，后归高欢，欢卒，又归附梁，封为河南王。后举兵叛，攻入建康，围台城，饿杀梁武帝，自立为汉帝，史称“侯景之乱”。初，侯景背魏归梁，人皆谏不纳，独异劝武帝纳之。后魏请和，异又许之，景恐，乃叛。景将叛时，有启帖入报，异并抑而不奏，又不为设备，致使侯景的奸谋得逞，故此言朱异酿成其乱。

〔非当事权〕　事权，行事之权能。“非当事权”，言不当其位，无主持国事之权能也。

〔冯道〕　冯道，字可道，善以矫行盗名于世。历仕梁、唐、晋、汉、周五代，皆位居将相。契丹灭晋，亦降受太傅之职，持禄保位，自号“长乐老”。《五代史·冯道传》说他“视丧君亡国亦未尝以屑意”。

〔王安石以为合于伊尹五就桀〕　王安石字介甫，号半山。宋仁宗庆历二年进士，嘉祐中上《万言书》，倡变法。神宗熙宁二年，参知政事、领三司条例使，行新法。为旧党所嫉，九年罢相。元丰中，封荆国公，世称“荆公”。“伊尹五就桀”，语出《孟子·告子下》：“五就汤、五就桀者，伊尹也。”据宋魏泰《东轩笔录》载：“荆公与唐质肃公同为参政，议论未尝少合。荆公雅爱冯道，尝谓其能曲身以安人，如诸佛菩萨之行。一日，于上前语及此事，质肃曰：‘道为宰相，使天下易四姓，身事十主，此得为纯臣乎？’荆公曰：‘伊尹五就汤、五就桀，正在安人而已。’质肃曰：‘有伊尹之志则可！’荆公为之变色。”升庵语本此。

〔靖康之乱〕　宋钦宗靖康二年，金兵分两路入汴京，虏徽、钦二帝北去，史称靖康之乱。

〔兀术、斡离卜〕　兀术，金太祖完颜旻第四子，名宗弼。金兵寇宋，屡为先锋，略河南、陕西地，与宋划淮河为界。累官太师都元帅、领行台尚书。斡离卜，太祖第二子，名宗望。尝从太祖灭辽，又与粘罕率兵攻陷汴京，俘徽、钦二帝。二人《金史》有传。

〔宋之大儒编之名臣之列云云〕　“宋之大儒”，指朱熹。熹以安石编入《宋朝名臣言行录》。升庵此斥其非，《四库提要》亦取其说，实有未当。原其所以，或与当时议礼之争有关。盖升庵之父廷和，为武宗朝元老，亲受顾命，迎立世宗。嘉靖初政，廷和实主之。后张璁、桂萼诸人以理学进，旧臣罢斥，先政尽废。形式上与北宋新旧党争颇相近似，其丑诋安石，或乃借古讽今之意乎？

巴陵赠贾舍人

李太白

贾生西望忆京华，　湘浦南迁莫怨嗟。
圣主恩深汉文帝，　怜君不遣到长沙。

贾至，中书省舍人，左迁巴陵，有诗云：“极浦三春草，高楼万里心。楚山晴霭碧，湘水暮流深。忽与朝中旧，同为泽畔吟。感时还北望，不觉泪沾襟。”太白此诗解其怨嗟也。得温柔敦厚之旨矣。

【校】

本书“南迁”原作“南还”，今据《李太白诗集》及《万首唐人绝句》卷二改。又：所引贾至诗，题目是《岳阳楼宴王员外贬长沙》，其诗《唐诗纪事》卷二十二所载，第七、八两句作“停杯试北望，还欲泪沾襟”。

【笺注】

〔巴陵赠贾舍人〕 巴陵，即岳阳，今湖南省岳阳市。贾至，字幼邻，洛阳人，贾曾之孙。天宝十载以明经及第，从玄宗入蜀，为起居舍人，知制诰。天宝末为中书舍人。肃宗至德中尝官汝州刺史，坐法贬岳州司马。复起为尚书左丞，转礼部侍郎、待制集贤院。代宗大历初，徙兵部侍郎，进京兆尹，以右散骑常侍卒。《新唐书·贾至传》载：“（至德中）坐小法贬岳州司马。”按《新唐书》卷六《肃宗纪》：乾元二年三月“壬申，九节度之师溃于滏水……东京留守崔圆、河南尹苏震、汝州刺史贾至奔于襄、邓”。又，卷一百二十五《张震传》：“九节度兵败相州，震与留守崔圆奔襄、邓，贬济王府长史。”卷一百四十《崔圆传》：“王师之败相州也，军所过皆纵剽。圆惧，委东都奔襄阳，诏削阶封。”则贾至之弃汝州，亦当与崔、张同“坐小法”。其“贬岳州”，当在乾元二年也。《贾至传》失载其尝官汝州刺史及坐小法贬岳州之由，今姑记于此。李白于肃宗乾元元年坐从永王璘，长流夜郎，未至，遇赦得释，还憩江夏、岳阳，恰逢贾至亦抵巴陵，二人相见，贾至有《初至巴陵与李十二白、裴九同泛洞庭湖》三首（见《全唐诗》卷二百三十五），其时为乾元二年之秋。李白此诗当即与贾至初见时作。此诗《唐诗纪事》“李白”条及《唐才子传》“贾至”条皆有引录，而萧士赟《分类补注李太白集》以为“恐非太白之作”，未必然也。舍人，官称，有中书、通事、起居等别。中书舍人地位甚高，职掌近奏，参议表章。

〔李太白〕　李白，字太白，陇西成纪人，自幼随父在蜀，居昌明（今江油），自号青莲居士。天宝初因道士吴筠荐，征召入京，诏拜供奉翰林。以侮权贵，被谮放还。安禄山乱，永王李璘起兵江南，白入璘幕，为从事。永王败，白坐长流夜郎，中道遇赦，还居宣城，卒。李白天才奇特，豪放纵逸，当时人称“谪仙”。

〔贾生〕　贾生，指汉代的贾谊。贾谊以才名称于郡中，文帝召为博士。因屡次上书言事，为朝中绛、灌诸权贵所嫉，出为长沙王太傅，又为梁王太傅。贾谊感于自己不被重用，曾作《鹏鸟赋》《吊屈原赋》等以自悼。这里李白是以贾谊比贾至之才，而又劝其不要像贾谊那样过于伤怨。

〔京华〕　指京师长安。

〔南迁〕　迁，左迁，贬谪的意思。岳阳在长安之南，所以说“南迁”。

〔圣主〕　指唐肃宗。

〔恩深汉文帝〕　此言皇恩深厚，不会像汉文帝对待贾谊那样将你久谪在外，早晚必将召回朝廷以见用。

〔极浦三春草〕　屈原《九歌·湘君》：“望涔阳兮极浦，横大江兮扬灵。”注曰：“极，远也；浦，涯水也。”此指潇湘之浦。三春，即暮春三月。

〔楚山〕　此处泛指楚地之山。湖南，春秋战国时属楚国的地域。

〔湘水〕　今称湘江，纵贯湖南全境的大河，源于广西兴安县境，经洞庭入于长江。

〔朝中旧〕　在朝中时的同僚旧友，此指王员外。

〔同为泽畔吟〕　屈原《渔父》：“屈原既放，游于江潭，行吟泽畔，颜色憔悴，形容枯槁。”此处“同吟泽畔”，也即同被贬斥到湖南之意。

陪族叔侍郎晔及贾舍人至游洞庭

洞庭西望楚江分，　水尽南天不见云。
日落长沙秋色远，　不知何处吊湘君。

此诗之妙不待赞。前句云“不见”，后句云“不知”，读之不觉其复，此二“不”字决不可易。大抵盛唐大家正宗作诗，取其流畅，不似后人之拘拘耳。聊发此义。

【笺注】

〔陪族叔侍郎晔及贾舍人至游洞庭〕　本诗共五首，此选其第一、第五两首。族叔，祖父之堂兄弟之子，年小于父亲者称族叔。李白集中，往往以称同姓之年长者。李晔为刑部侍郎，乾元二年，因“凤翔七马坊押官先颇为盗，劫掠平人，州县不能制，天兴县令知捕贼谢夷甫擒获决杀之。其妻进状述夫冤，李辅国先为飞龙使，党其人，为之上诉”。晔与御史中丞崔伯阳、大理卿权献等奉诏鞫狱。直其事，失辅国意，诸人皆贬岭南为县尉（见《旧唐书》卷一百十二《李峘传》）。晔过岳阳，适逢贾至、李白俱在，遂有洞庭此游。诗中吊湘君、悲帝子，与贾至《初至巴陵与李十二、裴九同泛洞庭湖》诗所云“湘山永望不胜愁”“白云明月吊湘娥”之语，都可与李白《远别离》等诗同读，从中可见他们对于玄、肃内禅之事，是有所讽喻寄托的。侍郎，官名。唐承隋制，设六部掌管中央行政，部首长称尚书，副长官称侍郎。

〔洞庭西望楚江分〕　古代称江，一般指长江，长江自奉节至九江一段，经楚地，故称楚江。岳阳是洞庭入江处，由此西望可见二水东来，所以说“楚江分”。

〔日落长沙〕　《水经注》卷三十八《湘水》云：“（洞庭）湖水广圆五百余里，日月若出没于其中。”又：江淹《从冠军建平王登庐山香炉峰》：“日落长沙渚，曾阴万里生。”

〔湘君〕　湘君，指帝尧的两个女儿，舜的妻子娥皇和女英。《史记·秦始皇本纪》：“上问博士曰：‘湘君何神？’博士对曰：‘闻之，尧女，舜之妻。’”相传舜南巡，崩于江南。二妃寻迹而来，投湘水而死。后世人们纪念她们，尊为“湘君”（见刘向《列女传》）。

〔拘拘〕　拘拘，拳曲不伸。此处是拘守后世格律诗法的意思。

又

帝子潇湘去不还，　空余秋草洞庭间。
淡扫明湖开玉镜，　丹青画出是君山。

洞庭为楚之巨浸大观，近日士夫崇尚别号，楚人以洞庭取号者比比是：曰“洞野”、曰“洞泽”、曰“洞湖”“洞阳”“洞阴”“洞滨”。唐池南侍御云：“太白诗中‘明湖’二字奇甚，无人拈出为别号及亭扁者。”

【笺注】

〔帝子〕　指娥皇、女英。《楚辞·九歌·湘夫人》：“帝子降兮北渚，目眇眇兮愁予。”

〔潇湘〕　湘水和潇水汇合之后，称为潇湘，其汇合处零陵，即舜之陵墓。《史记·五帝本纪》：“（舜）南巡狩，崩于苍梧之野，葬于江南九疑，是为零陵。”

〔空余秋草洞庭间〕　洞庭湖古代又称青草湖，湖中多草，故云。

〔淡扫明湖二句〕　丹青，指绘画的颜料。君山，一名湘山，一名洞庭山，在洞庭湖中，正对岳阳楼。郦道元《水经注·湘水》云：“湖中有君山、编山。君山有石穴潜通吴之包山，郭景纯所谓巴陵地道者也。是山湘君之所游处，故曰君山矣。”二句写湖光山色，明丽如画，更衬托出其伤悼湘君的主题。

〔巨浸大观〕　浸，湖泽的总名。大观，景致奇伟壮丽之处。

〔唐池南侍御〕　唐锜，字元荐，云南晋宁州人，升庵谪滇时友人。与张含、杨士云、王廷表、胡廷禄、李元阳同被时人称为“杨门六学士”。池南，其号也（见《明诗纪事》）。侍御，官名，即侍御史。

白帝下江陵

朝辞白帝彩云间，　千里江陵一日还。
两岸猿声啼不住，　扁舟已过万重山。

盛弘之《荆州记》云：“白帝至江陵一千二百里，春水盛时行舟，朝发夕至，云飞鸟逝，不是过也。”太白述之为韵语，惊风雨而泣鬼神矣。太白娶江陵许氏，以江陵为还，盖室家所在。

【校】

诗题，《李太白文集》作《早发白帝城》；三句“啼不住”作“啼不尽”；末句“扁舟”作“轻舟”。“扁舟已过”，宋咸淳本《李翰林集》及《万首唐人绝句》卷二作“须臾过却”。

【笺注】

〔白帝下江陵〕　“白帝”，即白帝城，故址在今四川奉节县南之白帝山上。其地本名鱼复，王莽篡汉时，公孙述乘乱起兵据蜀，至鱼复，见白龙出于井，以为是自己将承汉祚之兆，因改鱼复曰白帝城（见《后汉书·公孙述传》）。“江陵”，《旧唐书·地理志》：“荆州江陵府，隋为南郡，天宝元年改为江陵郡。”旧治即今湖北省江陵县。

〔白帝彩云间〕　白帝城高踞山峦，俯临夔门，自舟中仰望，若浮云端。此先言其高，为下言行速张本。

〔扁舟〕　扁舟即小舟。《升庵外集》卷二十二考之云：“予按《南史》：‘天渊池新制編舟，形甚狭。’故小舟称扁舟。六朝诗，惟王由礼有‘扁舟夜向江头宿’之句，至唐人则多用之。”

〔盛弘之《荆州记》〕　盛弘之，刘宋时人，著《荆州记》，述荆土风物。其叙三峡云：“唯三峡七百里中，两岸连山，略无阙处，重岩叠嶂，隐天蔽日，自非亭午夜分，不见曦月。至于夏水襄陵，沿溯阻绝，或王命急宣，有时朝发白帝，暮至江陵，其间千二百里，虽乘奔御风不为急也。每到晴初霜旦，林寒涧肃，常有高猿长啸，属引凄异，空谷传响，哀转久绝。故渔者歌曰：‘巴东三峡巫峡长，猿鸣三声泪沾裳。’”今本书已佚，此见郦道元《水经注·江水》所引。《太平御览》卷五十三引作盛弘之《荆州记》，当即升庵所据。李白此诗，全用其语点化而成。又：《升庵外集》卷七十三“巫峡江陵”条亦载此诗，并云：“杜子美诗：‘朝辞白帝暮江陵，顷来目击信有征。’（《最能行》）虽同用盛弘之语，而优劣自别，今人谓李、杜不可以优劣论，此语亦太愦愦。”明人胡应麟因于《诗薮》及《少室山房笔丛》中力诋升庵以此定李、杜优劣之非。其实，就所举两诗而言，自有优劣，升庵亦不过偶然兴到，借此对当时李梦阳诸人之崇杜太甚稍下针砭。若其大旨所在，固谓李、杜二公，各有千秋，不当强为轩轾也。

〔惊风雨而泣鬼神〕　杜甫《寄李十二白二十韵》：“昔年有狂客，号尔谪仙人，落笔惊风雨，诗成泣鬼神。”据《本事诗·高逸》载："贺（知章）又见其（李白）《乌栖曲》，叹赏苦吟曰：'此诗可以泣鬼神矣！'故杜子美赠诗及焉。"

〔娶江陵许氏云云〕 开元十八年，李白《上安州裴长史书》曰："（白）见乡人（司马）相如大夸云梦之事，云梦有七泽，遂来观焉。而许相公家见招，妻以孙女，便憩迹于此，至移三霜焉。"许相公即许圉师，高宗龙朔间左丞相，家于湖北安陆。李白娶许氏夫人，时年二十六岁，出蜀不久。

按：此诗旧说有谓太白乾元二年被谪行至巫山遇赦得还时所作，升庵则以江陵为室家所在释"还"字。皆非。其实"还"有至的意思（见《逸周书·周祝》注），所以《左传》载春秋时师还飨军之礼叫"饮至"（见《左传·隐公五年》）。诗的前两句，就是根据《水经注》的"朝发夕至"，以形容舟行之快速，不必别生曲解。至于写作时间，当在初次出蜀的时候，升庵把它定在家江陵（安陆）时期，倒是相近的。

杜鹃花

蜀国曾闻子规鸟，　宣城还见杜鹃花。
一叫一回肠一断，　三春三月忆三巴。

此太白寓宣州怀西蜀故乡之诗也。太白为蜀人，见于刘全白《志铭》，曾南丰《集序》，魏、杨遂《故宅祠记》及《自序书》，不一而足，此诗又一证也。

【笺注】

〔杜鹃花〕　此诗是李白晚年寓居宣城时所作。李白青年时代即离蜀出游，至晚年尚见杜鹃而思蜀不已，升庵举此诗以证李白为蜀人，是有道理的。升庵集中论李白是蜀人的还有几处，其中《李诗选题辞》的论证尤为详备，载《升庵文集》第三卷。

〔蜀国〕　川西地区秦之前为古蜀国，秦灭蜀国置郡，亦称蜀，后世多有称蜀地为蜀国者。

〔子规〕　子规，鸟名，即杜鹃。据《蜀王本纪》载：古蜀国望帝杜宇，“自以德薄”，让位于开明，“望帝去时，子规鸣，故蜀人悲子规鸣而思望帝”。李白见杜鹃花而想到子规鸟，进而联系到蜀中。且杜鹃鸣声曰“不如归去”，令游子闻声肠断。李白见此，自然而然地勾起了无限的乡思。

〔宣城〕　汉时的宣城，唐时称宣州，李白是沿用旧称，即今安徽省宣城市。

〔三春三月〕　三春，即春季。正月称孟春，二月称仲春，三月称季春，合称三春。《文选》张协《七命》：“晞三春之溢露。”李善注引班固《终南山赋》云：“三春之季，孟夏之初。”“三春三月”即“三春之季”，谓暮春也。

〔三巴〕　地名，巴郡、巴东、巴西合称三巴。常璩《华阳国志·巴》：“（刘）璋乃改永宁为巴郡，以固陵为巴东，徙（庞）羲为巴西太守，是为三巴。”巴郡在今重庆，巴东在今奉节一带，巴西即今阆中市。此诗是以“三巴”代指蜀中。

〔刘全白《志铭》〕　刘全白《志铭》，指刘全白所作《唐故翰林学士李君碣记》，见《文苑英华》及《全唐文》。

〔曾南丰《集序》〕　曾南丰，即曾巩，字子固，学者称

“南丰先生”，宋神宗元丰间人。《集序》指所著《李白集后序》，见《元丰类稿》卷十二。

〔魏、杨遂《故宅祠记》〕　《故宅祠记》指杨遂所作《李太白故宅记》。见于《全蜀艺文志》及《四川总志》中。又：“魏”字疑为衍文，或为“魏颢《集序》”脱文，其《李翰林集序》中有“蜀之人无闻则已，闻则杰出。是生相如、君平、王褒、杨雄，降有陈子昂、李白，皆五百年矣”之语，与杨文“仆尝论蜀中自古多出名人才士，其尤者，汉则司马长卿、王子渊、杨子云，唐则陈子昂暨先生耳”之言，义相一贯，升庵或为连类而举之。

〔自序书〕　自序指李白《上裴长史书》。其中有白少长江汉，见乡人相如大夸云梦之事，言楚有七泽，遂来观焉。又与逸人东严子隐于岷山之阳，巢居数年，不迹城市。广汉太守闻而异之，因举二人有道，并不起等语，是白亦自称蜀人。

横江词

横江馆前津吏迎，　向余东指海云生。
郎今欲渡缘何事？　如此风波不可行。

古乐府《乌栖曲》：“采菱渡头拟黄河，郎今欲渡畏风波。”太白以一句衍作二句，绝妙。

【笺注】

〔横江词〕　李白《横江词》共有六首，此诗是第五首。

升庵撰《李诗选》，六首全录，并云："太白《横江词》六首，章虽分，意贯珠。俗本以第一首编入长短句（其诗五言二句、七言二句），后五首编入七言绝，首尾冲绝，殊失作者之意，如杜诗《秋兴八首》之分为二处。余特正之。凡古人诗歌不可分，类如此。"这首诗因为扩衍了古诗的意境，又气体高妙，所以升庵特别选录于此，以示人作诗的途辙门径。元范梈云："绝句一句一绝，乃其大本。其次句少意多，极四咏而反覆议论。此篇气格，合歌行之风，使人嗟叹有无穷之思。此唐人所长也。诸家诗非不佳，然视李、杜，气格、音调特异，熟读当见。"（见《唐诗品汇》卷四十七）

〔横江馆〕　横江，即横江浦。《太平寰宇记》卷一百二十四："横江浦在（和州历阳）县东南二十六里，对江南岸之采石，往来济渡处。"唐时在此设有驿站。

〔津吏〕　津，渡口。唐于江驿置津吏，掌管舟梁的济渡事务（见《旧唐书·百官志》）。

〔古乐府《乌栖曲》〕　《乐府诗集》卷四十八"清商曲辞"《西曲歌》中有梁简文帝《乌栖曲》四首，其第一首云："芙蓉作船丝作絓，北斗横天月将落。采莲渡头拟黄河，郎今欲渡畏风波。"即升庵所引，而文字稍异。

赠花卿

杜子美

锦城丝管日纷纷，　半入江风半入云。
此曲只应天上有，　人间能得几回闻。

花卿名敬定，丹棱人，蜀之勇将也，恃功骄恣。杜公此诗，讥其僭用天子礼乐也。而含蓄不露，有风人“言之无罪，闻之者足以戒”之旨。公之绝句百余首，此为之冠。

唐世乐府，多取当时名人之诗唱之，而音调名题各异。杜公此诗，在乐府为《入破第二叠》；王维“秦川一半夕阳开”，在乐府名《相府莲》，讹为《想夫怜》；“秋风明月独离居”为《伊州歌》；岑参“西去轮台万里余”为《簇后六州》；盛小丛“雁门山上雁初飞”为《突厥三臺》；王昌龄“秦时明月汉时关”为《盖罗缝》；张仲素“亭亭孤月照行舟”为《胡渭州》；王之涣“黄河远上白云间”为《梁州歌》；张祜“十指纤纤玉笋红”为《氐州第一》；符载“月里嫦娥不画眉”为《甘州歌》；无名氏“千年一遇圣明朝”为《水调歌》；“雕弓白羽猎初回”为《水鼓子》，后转为《渔家傲》云。其余有诗而无名氏者尚多，不尽书焉。

唐人乐府多唱诗人绝句，王少伯、李太白为多。杜子美七言绝近百，锦城妓女独唱其《赠花卿》一首。盖花卿在蜀颇僭用天子礼乐，子美作此讽之，而意在言外，最得诗人之旨。当时妓女独以此诗入歌，亦有见哉。杜子美诗，诸体皆有绝妙者，独绝句本无所解，而近世乃效之而废诸家，是其真识冥契，犹在唐世妓人之下乎?

【校】

王昌龄“秦时汉月汉时关”为《盖罗缝》，“缝”原误作“纵”，今据《乐府诗集》卷八十及《万首唐人绝句》卷五十八改。

【笺注】

〔赠花卿〕 此诗见《九家集注杜诗》卷二十二，赵彦材注云：“《古歌辞》所载林钟宫《水调·入破第二》云：‘锦庭丝管晓纷纷，半入灵山半入云。此曲多应天上去，人间那得几回闻。’莫能考所以，当俟博闻。”按：唐时乐府取当时诗人诗歌入乐歌唱，然诗人作诗非专为乐府和乐而作，常不合声律。乐府采入歌曲，往往需改易其字词以协音声。故乐府歌辞所载，文字常与诗人文集所载异同，不足以据之以定诗人原作字词之是非也。花卿，名敬定，又作惊定。据《旧唐书·高适传》：“梓州副使段子璋反，以兵攻东川节度使李奂。适率州兵从西川节度使崔光远攻子璋，斩之。西川牙将花惊定者，恃勇，既诛子璋，大掠东蜀。”故杜甫作诗以讽之。《山谷集》外集卷九有《书花卿歌后》云：“花卿家在丹棱之东馆镇，至今有英气，血食其乡云。”升庵“讽花卿”之说，明胡应麟力斥其非。其《少室山房笔丛》卷十九《艺林伐山一》“锦城丝管”条云：“花卿蜀小将耳，虽恃功骄横，然非有韦皋、严武之权，王建、孟昶之力，即欲僭用天子礼乐，恶得而僭之？用修以子美赠诗为讽，真儿童之见也！凡词人赞叹声色，不曰倾城，则曰绝代。子美盖赠歌者，偶姓字相合，亦云花卿，实何戡、薛涛辈。用修便以破段子璋者当之，然求其说不得也，故有僭用礼乐之解。匡衡解颐，阿平绝倒，斯兼之哉！李群玉《赠歌妓》诗：'貌态只应天上有，歌声岂合世间闻。'与杜合，岂亦有所讽耶？工部诸绝，非漫兴则拗体，以入歌曲不宜，独此首风致翩翩，音节调美，故诸妓女习之。其为赠歌者益明。信如杨说，则一老头巾咏史耳，风致音节何在？用修以后世真识在唐妓人之下，不惟诬后世，并诬妓人矣。"胡氏此说，清人多非之，如仇兆鳌、杨伦、王奭嗣诸家，皆赞成升庵之说。吴景旭《历代诗话》卷三十七曰："升庵此解甚得，元瑞强欲折之，然宋人已发其旨，不自升庵始也。杜有《戏作花卿歌》，《渔隐丛话》云：'花卿虽有平贼之功，骄恣不法，子美不欲显言，但云：人道我卿绝世无，既称绝世无，天子何不唤取守京都。语句含蓄。'《鹤林玉露》云：'全篇形容其勇锐有余，而忠义不足。故虽可以守京都，而天子终不敢信用之。语意涵蓄不迫切，使人咀嚼而自得之。'观此，则花卿岂何戡、薛涛辈乎？"

〔杜子美〕　杜甫，字子美，本襄阳人，后徙河南巩县。祖父杜审言，有诗名，高宗时官膳部员外郎。甫天宝初应进士举，不第。天宝末，因献《三大礼赋》，召授京兆府兵曹参军。安禄山陷长安，肃宗征兵灵武。甫宵遁赴河西，谒肃宗于彭原郡，拜为右拾遗。陈陶斜兵败，房琯罢相。杜甫上书谏，触怒肃宗，被贬华州司功。严武镇成都，奏请杜甫为节度参谋、检校尚书工部员外郎，赐绯鱼袋。武卒，蜀中大乱。甫以家避乱荆楚，大历五年病死舟中。

〔锦城丝管日纷纷〕　锦城，即锦官城，又称锦里，今成都也。《华阳国志》记载说："锦江，织锦濯其中则鲜明，故命曰锦里。”三国时蜀锦最盛，其地设有锦官，故又称锦官城。纷纷，盛貌。

〔有风人“言之无罪，闻之者足以戒”之旨〕　此语出《毛诗·关雎序》。“风”是诗“六义”之一。“风人”，指《诗经》中风诗的作者。《关雎序》说：“风，风也。上以风化下，下以风刺上，主文而谲谏，言之者无罪，闻之者足以戒，故曰风。”儒家认为诗应该有讽刺劝戒作用，而又必须“发乎情，止乎礼义”，含蓄不露。杜甫此诗正是这样，所以升庵举此语赞之。

〔入破第二叠〕　《乐府诗集》卷八十所载《水调》曲之《入破第二叠》，即杜甫此诗。郭茂倩按曰：“唐曲凡十一叠，前五叠为歌，后六叠为入破。”

〔王维“秦川一半夕阳开”云云〕　此王维《和太常韦主簿五郎温泉寓目》诗之第二句。《乐府诗集》卷八十有《相府莲》，郭茂倩题解云：“《古解题》曰：‘《相府莲》者，王俭为南齐相，一时所辟皆才名之士，时人以入俭府为莲花池，谓如红莲映绿水。今号莲幕者，自俭始。其后语讹为《想夫怜》，亦名之丑尔。’又引《乐苑》曰：‘《想夫怜》，羽调曲也。’白居易诗曰：‘玉管朱弦莫急催，客听歌送十分杯。长爱《夫怜》第二句，倩君重唱夕阳开。’王维右丞词云‘秦川一半夕阳开’是也。”升庵即据此为说。诗本为七律：“汉主离宫接露台，秦川一半夕阳开。青山尽是朱旗绕，碧涧翻从玉殿来。新丰树里行人度，小苑城边猎骑回。闻道甘泉能献赋，悬知独有子云才。”乐府盖取其前四句入乐。

〔王昌龄“秦时明月汉时关”云云〕　此诗《乐府诗集》

卷二十一收录，题为《出塞》，署昌龄名。卷八十《盖罗缝》二首又重出此诗，未著作者姓氏。其第二句作“万里征人尚未还”；三句作“但愿龙庭神将在”，文字与《出塞》稍异。此可见采诗之乐人不同也。

按：升庵所举，除王维、王昌龄二诗外，其余《伊州歌》《簇拍六州》《突厥三臺》《胡渭州》《梁州歌》《氐州第一》《甘州歌》《水调歌》《水鼓子》九首均选入本书，注详后。

〔唐人乐府多唱诗人绝句云云〕　此段《绝句衍义》原无。嘉靖四卷本《升庵诗话》卷一有“锦城丝管”一条，焦竑编《升庵外集》与此合为“子美赠花卿”一条，更可见升庵此论之旨。今从之，补于条末。升庵《唐绝增奇》序亦论及于此，并录于此云：“予尝品唐人之诗，乐府本效古体，而意反近；绝句本自近体，而意实远。欲求风雅之仿佛者，莫如绝句。唐人之所偏长独至，而后人力追莫嗣者也。擅场则王江宁，骖乘则李彰明，偏美则刘中山，遗响则杜樊川。少陵虽号大家，不能兼善。一则拘乎对偶，二则汩于典故。拘则未成之律诗，而非绝体；汩则儒生之书袋，而乏性情。故观其全集，自‘锦城丝管’之外，咸无讥焉。近世有爱而忘其丑者，专取而效之，惑矣！”升庵此论，后世訾议者颇多。而胡应麟独亟称之，以为“用修平生论诗，惟此精确”。又云：“‘近世学杜’，谓献吉（梦阳）也。”（见《诗薮》内编卷六）其时王世贞亦谓杜绝为“变体”，以为“间为之可耳，不必多法也”（《艺苑卮言》卷四）。足见当时持此论者，初非升庵一人。其时李梦阳倡言复古，主张“文必秦汉，诗必盛唐”，“学诗必须学杜”，“诗至杜子美，如至圆不能加规，至方不能加矩”，只须模拟，不必再自立一门户。其主张太过，升庵此论即为之而发，虽语含讥刺，而实乃有为之言也。盖绝句重情韵，贵含蓄，而杜绝过于发露；绝句近乐歌，工唱叹，而杜绝时出拗峭，不便乐歌。故升庵此论，不为无见也。

伊州歌

王摩诘

秋风明月独离居，　荡子从军十载余。
征人去日殷勤嘱，　归雁来时好寄书。

【校】

此诗首句，《唐人万首绝句》卷五十八与此同，《云溪友议》《王摩诘集》《唐人万首绝句》卷七十并作“清风朗月苦相思”；二句“从军”，《云溪友议》《王摩诘集》及《唐人万首绝句》卷七十并作“从戎”；三句“殷勤嘱”，《唐人万首绝句》卷七十作“殷勤祝”；末句“好寄书”，《王摩诘集》及《唐人万首绝句》卷五十八均作“数寄书”，《云溪友议》《唐人万首绝句》卷七十则作“数附书”。

【笺注】

〔伊州歌〕　伊州，汉西域伊吾鲁，属乌孙国，唐贞观四年置伊州伊吾郡，在大碛之外，南距玉门关八百里。旧址在今新疆哈密。此诗《乐府诗集》卷七十九“近代曲辞”列之为《伊州歌》第一。郭茂倩引《乐苑》注曰：“伊州，商调曲，西凉节度盖嘉运所进也。”《伊州歌》共有十叠，前五叠为序，后五叠为破。其歌辞皆杂采当时诗人的作品入乐，而未署作者名。《万首唐人绝句》卷二十收录其中五绝五首，卷五十八收录其中的七绝五首，皆题《伊州歌五首》，亦直署“盖嘉运所进”，而无作者名。而此诗今所以属之王维，乃据《云溪友议》“云中命”条所记：“明皇幸岷山，百官皆窜辱，积尸满中原。士族随车驾也，伶官张野狐觱栗、雷海清琵琶、李龟年唱歌、公孙大娘舞剑。初，上自击羯鼓，而不好弹琴，言其不俊也。又宁王吹箫，薛王弹琵琶，皆至精妙，共为乐焉。唯李龟年奔迫江潭，杜甫以诗赠之曰：‘岐王宅里寻常见，崔九堂前几度闻。正值江南好风景，落花时节又逢君。’龟年曾于湘中采访使筵上唱‘红豆生南国，秋来发几枝。赠君多采撷，此物最相思’。又‘清风朗月苦相思，荡子从戎十载余。征人去日殷勤嘱，归雁来时数附书’。此词皆王右丞所制，至今梨园唱焉。”后人编王维集即据此辑入，以不知题名，故《王摩诘集》卷十五直署“失题”也。《万首唐人绝句》于卷七十重出此诗，题《李龟年所歌》，属之王维，所据亦此书也。

〔王摩诘〕　王维，字摩诘，河东人，开元九年擢进士第一，官给事中。安禄山陷两都，维迫受伪职。贼平定罪，因曾赋《凝碧池》诗，中有“万户伤心生野烟，百官何时更朝天”之句，又以其弟王缙愿削职赎罪，得免，降太子中允。后官至尚书右丞，故世称“王右丞”。维善属文，通音律，晚年好佛长斋，忘情山水之间，超然世外。其诗精微秀丽，更兼长于书画，是以名重当时。

〔独离居〕　《礼记·檀弓上》：“吾离群而索居，亦已久矣。”言独自居处，不与人交往。此指闺中妇女幽独之况。

〔荡子〕　远行在外，长久未归之人。《文选·古诗十九首》：“荡子行不归，空床难独守。”旧时多指征夫、游士，不是现在所谓的纨绔浪荡子。

〔归雁寄书〕　《汉书·苏武传》：“天子射上林，得雁，足系帛书，言武等在某泽中。”大雁能传递书信之典自此始，后世即以鸿雁传书代指驿邮。

胡渭州

张仲素

亭亭孤月照行舟，　寂寂长江万里流。
乡国不知何处是，　云山漫漫使人愁。

【校】

本诗见《乐府诗集》卷八十，文同。《万首唐人绝句》卷五十八所载，二句“长江”作“长河”；末句“漫漫”作“漠漠”。

【笺注】

〔胡渭州〕　渭州，汉陇西郡，西魏改置渭州，治陇西。唐时没于吐蕃，遂移治平凉，即今甘肃省平凉市。言“胡渭州”者，盖以其地时已没入胡中也。此诗《乐府诗集》卷八十收入“近代曲辞”。郭茂倩引《乐苑》曰：“胡渭州，商调曲也。”题下载诗两首，皆未著作者姓氏。其第二首，明彭大翼

《山堂肆考》“王维笑”条云：“开元中李龟年制《胡渭州》曲云：‘杨柳千寻色，桃花一苑春。风吹入帘，惟有惹衣香。’王维笑其不工。自是龟年制曲，必请维为之。”知其第二首乃李龟年所制。《乐府诗集》所载于此题之前，唯《上巳乐》一首，下注“唐张祜”作。自后有《穆护砂》一首，《思归乐》二首，《金殿乐》一首，《胡渭州》二首，《戎浑》一首，《墙头花》二首，《采桑》一首，《杨下采桑》一首，《破阵乐》一首，共九题十二首，皆未署作者。《全唐诗》卷五百十一皆以入张祜诗。后人亦多以为张祜诗。今检其中《思归乐》二首，一为韩偓诗，一为王维诗；《戎浑》为王维诗；《墙头花》二首为崔国辅首。如此可知，此诗未必确为张祜所作。且中华书局影宋蜀刻本《张承吉文集》中亦无此诗。然升庵此题为张仲素作，按《三舍人集》今见于《唐诗纪事》卷四十二，中无此诗。或其别有所据。然升庵《词品》“六州歌头”条又注云：“《胡渭州》见张祜诗。”则复据《万首唐人绝句》为说。其说多变，恐不足信。

〔张仲素〕　张仲素，字绘之，河间人。宪宗时官司勋员外郎、翰林学士，终于中书舍人。与王涯、令狐楚同为舍人，又皆工五、七言诗，时号“三舍人诗”，诗亦同编一集。参见本卷《塞下曲》诗注。

〔亭亭〕　高远貌。《文选·张衡·西京赋》：“状亭亭以岧岧。”李善注曰：“亭亭，高貌也。”

〔寂寂〕　清冷无声貌。《文选·左思·咏史》：“寂寂扬子居，门无卿相语。”

〔漫漫〕　辽阔无际之貌。《文选·杨雄·甘泉赋》：“指东西之漫漫。”李善注曰：“漫漫，无涯际之貌也。”屈原《离骚》曰：“路漫漫其修远兮，吾将上下而求索。”

梁州歌

王之涣

黄河远上白云间，　一片孤城万仞山。
羌笛何须怨杨柳，　春光不渡玉门关。

此诗言恩泽不及于边塞，所谓君门远于万里也。薛能《柳枝词》：“和花香雪九重城。”亦此意。其诗见后。

【校】

“王之涣”，原作“王之奂”，《乐府诗集》卷二十二、《文苑英华》卷一百九十七同；《文苑英华》二百九十九、《万首唐人绝句》卷八、《唐诗纪事》卷二十六作“王之涣”。“之奂”各书多作“之涣”，今从俗改“奂”作“涣”。“奂”，闲散也，与“涣”义同。首句“黄河远上”原作“黄河原上”，据《万首唐人绝句》、《文苑英华》卷一百九十七卷八改。又此诗传抄多异，如“黄河远上”，《集异记》作“黄沙远上”、《唐诗纪事》卷二十六作“黄沙直上”、《文苑英华》二百九十九作“黄河直上”；《国秀集》卷下更首二句互乙，作“一片孤城万仞山，黄河直上白云间”，此不一一出校。四句“春光”，诸书并同，唯《集异记》作“春风”；“渡”，诸书并作“度”，唯《唐诗纪事》作“过”。

【笺注】

〔梁州歌〕　《乐府诗集》载入卷二十二、《文苑英华》卷一百九十七、《唐诗纪事》卷二十六所载，题目皆作《出塞》。《国秀集》卷下、《万首唐人绝句》卷八题作《凉州词》。诸书无作题《梁州词》者，胡震亨《唐音癸签》卷十三辨之云：“洪容斋曰：‘今乐府所传大曲，皆出于唐。而以州名者五：伊、凉、熙、石、渭也。《凉州》今转为《梁州》，唐人已多误用。’按《唐·地理志》，凉州属陇右道，尽古雍、梁二州之境，用之非误。”之涣此诗作于玉门关。《国秀集》载有高适《和王七玉门关听吹笛》诗一首，即王之涣此诗的和作。今录于下以供参读：“胡人吹笛戍楼间，楼上萧条海月闲。借问落梅凡几曲？从风一夜满关山。”今按：王之涣此诗，因唐穆宗长庆间薛用弱《集异记》所载“旗亭贳酒”故事而广泛流传，记中双鬟所唱，为“黄河远上”。然黄河去玉门甚远，且不在凉州。考曾慥《类说》（明天启本）引《集异记》，乃作“黄沙远上”。“黄沙”，似更能表现出塞外碛中凄绝荒凉之境，春风所不能到。或当以作“沙”为近于原作也。

〔王之涣〕　之涣，字季陵，晋阳人。与兄之咸、之贲皆有文名。开元末，曾做过文安县尉，卒于天宝元年。

〔孤城〕　指孤立于万山丛中的玉门关。

〔万仞山〕　仞，音认，古量词。一仞等于八尺。“万仞山”，形容山势的高峻。

〔羌笛〕　羌笛，古代由西羌传入中国的一种管乐器。《文选·马融·长笛赋》曰："近世双笛从羌起。"李善注引《风俗通》说："笛元（原）羌出，又有羌笛。然笛与羌笛二器不同，长于古笛，有三孔，大小异，故谓之双笛。"

〔怨杨柳〕　怨，哀怨。此处是指吹奏音调哀怨的乐曲。"杨柳"，指"乐府横吹曲"《折杨柳枝》。

〔玉门关〕　故址在今甘肃省敦煌市西北，不是现在的玉门市。玉门关是当时由河西走廊通达西域必经的关隘，周围重峦叠嶂，关外即大沙漠。唐时开边，与吐蕃的战争多在这一带，所以诗人言边地远戍多举此地。如岑参《玉门关盖将军歌》"玉门关城迥且孤"；王昌龄《从军行》"玉门山嶂几千重""孤城遥望玉门关"等。

〔恩泽〕　恩泽，恩惠，指皇帝的恩惠。

〔君门远于万里〕　宋玉《九辩》："岂不郁陶而思君兮，君之门以九重。"即升庵"君门远于万里"之意。

〔薛能《柳枝词》〕　薛能诗见本书卷二。

氐州第一

张祜

十指纤纤玉笋红，　雁行轻度翠弦中。
分明自说长城苦，　水咽云寒一夜风。

按《张祜集》，题本作《丘家筝》。

【校】

此诗《张承吉文集》题作《题宋州田大夫家乐丘家筝》。其第二句中“轻度”作“轻遏”，“自说”作“似说”。洪迈《万首唐人绝句》卷四十三题作《听筝》，文字与本集同。升庵《唐绝增奇》收此诗，则径题作《邱家筝》。

【笺注】

〔《氐州第一》〕　《氐州第一》不见于《乐府诗集》，升庵《词品》“六州歌头”条下有注云：“《氐州第一》见周美成词。”似为宋调，不属唐曲。今见周邦彦《片玉词》中存“波落寒汀”一首。

〔张祜〕　张祜，字承吉，南阳人，寓居苏州，有诗名。以赴杭取解，为白居易所黜，遂偃蹇不随乡试。令狐楚镇天平，以祜新旧格诗三百篇以献，复为元稹所抑，寂寞而归。尝自号钓鳌客。祜长于《宫词》，宫掖多讽诵之。杜牧守池州，与祜为诗酒友。大中中卒于丹阳。

〔纤纤〕　纤纤，纤细貌。《文选·古诗十九首》：“娥娥红粉妆，纤纤出素手。”注：“《韩诗》曰：‘掺掺女手，可以缝裳。’毛苌曰：‘掺掺，犹纤纤也。’”

〔玉笋红〕　玉笋，形容妇女手指之洁白，纤细。红，指其甲上所施之丹。

〔雁行〕　大雁飞行的行列。《诗经·郑风·大叔于田》：“两服上襄，两骖雁行。”此处指筝柱斜列如雁行。陈后主《听筝》诗：“促柱点唇莺欲语，调弦索爪雁相连。”李商隐《昨日》诗亦云：“二八月轮蟾影破，十三弦柱雁行斜。”

〔分明自说长城苦，水咽云寒一夜风〕　二句写听筝时的感受。曲调幽咽，使听者仿佛置身长城之下，听人诉说征戍离别之苦。末句虚境实写，以凄绝之景，状掩抑之情。

甘州歌

符载

月里嫦娥不画眉，　只将云雾作罗衣。
不知梦逐青鸾去，　犹把花枝盖面归。

此诗飘飘欲仙，乐府以为《甘州歌》，而《禅宗颂古》引之，盖名作众所脍炙也。符载，成都人，见《唐文粹》。

【笺注】

〔甘州歌〕　《乐府诗集》卷八十“近代曲辞”有《甘州》，郭茂倩注引《乐苑》云：“《甘州》，羽调曲也。”然其中不载此诗。《万首唐人绝句》《唐音》诸书亦无此首。升庵“乐府以为《甘州歌》”云云，不知其所据，俟考《全唐诗》卷四百七十二题作符载《甘州歌》，乃录自升庵也。复于《全唐诗》卷七百八十六复载此诗，题作无句氏《艳歌》，则当出自佛书。甘州，汉之张掖郡，隋置甘州，唐因之。治所即今甘肃省张掖县。

〔符载〕　符载（岑仲勉《跋唐摭言》谓“符”当作“苻”），字厚之，蜀人，始与杨衡、宋济习业于青城山中，后杨衡擢进士第，宋济老死。载自许有王霸之才，耻于常调。建中初隐居庐山，贞元末归蜀，依西川节度使韦皋，以协律郎摄监察御史，为节度支使。皋卒，刘闢时用为金吾仓曹参军。闢败，以笺奏草稿一箧呈高崇文，长揖东下。元和中尝为荆南节度赵宗儒记室。后不知所终。

〔月里嫦娥不画眉〕　嫦娥，神女，传为后羿之妻。晋干宝《搜神记》卷十四："羿请不死之药于西王母，嫦娥窃而奔月。"《汉书·张敞传》载张敞"为妇画眉，长安中传张京兆眉妩"。此言嫦娥独处月宫，无人为之画眉，孤寂难耐，舞云调雾，弄妆作态也。

〔罗衣〕　罗，轻纱。罗衣指舞衣。

〔"不知梦逐青鸾去"二句〕　青鸾，神鸟名。《艺文类聚》卷九十"鸟部"上引《（三辅）决录注》云："辛缮，字公文，治春秋谶纬，隐居华阴。光武征，不至。有大鸟高五尺，鸡头燕颔，蛇颈鱼尾，五色备举而多青，栖缮槐树，旬时不去。弘农太守以闻，诏问百僚，咸以为凤。太史令蔡衡对曰：'凡象凤者有五，多赤色者凤，多青色者鸾，多黄色者鵷雏，多紫色者鸑鷟，多白色者鹄。今此鸟多青，乃鸾，非凤也。'上善其言，三公闻之，咸逊位避。"又江淹《别赋》云："驾鹤上汉，骖鸾腾天。"李善注引雷次宗《豫章记》云："洪井西鸾冈鹤岭，旧说洪崖先生与（王）子晋乘鸾鹤憩于此。"此处"青鸾"实代指凤凰，句用萧史教弄玉吹箫，一旦随凤飞去之典。此女梦中作此随人情奔之事，故下句言其自羞而以花枝遮面也。

〔《禅宗颂古》〕　全称《禅宗颂古联珠通集》，四十卷，南宋淳熙时池州报恩寺传法宝鉴大师法应集，元僧普会续集。是书集佛世尊以至古今宗师机缘三百二十五则并偈颂二千一百首。此诗见其书卷三，题“鼓山珪”所颂。

〔盖名作众所脍炙也〕　细切之肉为脍，烤熟之肉为炙。脍和炙为人人所好，故孟子云：“脍炙所同也。”（《孟子·尽心下》）后世遂谓被众口称誉的诗文为“脍炙人口”。升庵此语，意谓此诗乃乐府绮艳之歌，佛徒戒绝声色，却还引用它，可见好诗为人所同好。

〔“符载，成都人”云云〕　《资治通鉴》卷二百三十七言“载庐山人”，故升庵特举《唐文粹》以证其误。《唐文粹》卷九十八中收有崔群《送符载归蜀省觐序》，即升庵所指。

凉　州

无名氏

一去辽阳系梦魂，　忽传征骑到中门。
纱窗不肯施红粉，　图遣萧郎问泪痕。

【校】

此诗《才调集》卷二、《唐诗纪事》卷八十一、《万首唐人绝句》卷五十八并题作无名氏《杂诗》。末句“图遣”，《才调集》《唐诗纪事》同，《万首唐人绝句》作“徒遣”，非。

【笺注】

〔凉州〕　《乐府诗集》卷七十九“近代曲辞”《凉州》歌中未收此诗。以作《凉州》曲，当自升庵始。凉州，古雍州地，汉武帝改称凉州，唐因之，州治在姑臧，即今甘肃武威县。

〔辽阳〕　《汉书·地理志》辽东郡有辽阳县，其下注曰：“大梁水西南至辽阳入辽。”其地晋废，今辽宁省辽阳县乃辽置，非其旧址。

〔纱窗不肯施红粉〕　“纱窗施红粉”，谓临窗梳妆也，即《木兰辞》“当窗理云鬓，对镜贴花黄”之意。

〔图遣萧郎问泪痕〕　图，欲，企图。萧郎，典出《梁书·王俭传》：王俭一见萧衍，深相器异，谓何宪曰：“此萧郎三十内可作侍中，出此则贵不可言。”后遂以“萧郎”代才郎。此则谓夫婿。

簇拍六州歌头

岑参

西去轮台万里余，　也知音信日应疏。
陇山鹦鹉能言语，　为报家人数寄书。

伊州、渭州、梁州、氐州、甘州、凉州，谓之“六州”。宋时大丧以《六州歌头》引之，本朝用《应天长》。

【校】

此诗《岑嘉州集》卷七题作《赴北庭度陇思家》，盖天宝十三载赴北庭途中所作。首句“西去”作“西向”；二句作“音信”作“乡信”。《万首唐人绝句》卷十八所载同。

【笺注】

〔簇拍六州歌头〕　《乐府诗集》卷七十九载入“近代曲辞”《陆州歌》“排遍第四”之后，题“簇拍陆州”，未著撰人姓氏。其第二句作“故乡音耗日应疏”；三句“陇山”作“陇头”；四句“家人”作“闺人”。《万首唐人绝句》卷五十八收入“乐府辞二十五首”中，所载文同，唯题作《捉拍睦州》。“捉拍”即“簇拍”也，谓乐曲节拍紧凑急促也。又升庵《词品》有“六州歌头”条，云：“《六州歌头》，本鼓吹曲也，音调悲壮，又以古兴亡事实之，闻之使人慷慨，良不与艳词同科，诚可喜也。”

〔岑参〕　岑参，荆州江陵人，岑文本之后。少孤贫，笃志苦学，登天宝三年进士第。尝两度出为率府参军，居边庭数载。安禄山乱，因杜甫等人举荐，授右补阙、起居舍人。代宗时历诸部员外、郎中。大历元年，杜鸿渐镇西川，表为从事，以职方郎兼侍御史出刺嘉州。使罢流寓成都，卒。有《岑嘉州集》七卷传世。杜确《嘉州集序》称其为文“属辞尚清，用志尚切，其有所得，多入佳境，迥拔秀丽，出于常情。每一篇绝笔，则人传写，虽闾里士庶，戎夷蛮貊，莫不吟习焉”。可见他的诗文在当时已有广泛的影响。

〔轮台〕　地名，《旧唐书·地理志》：“北庭都护府轮台县，大历六年置。”旧治即今新疆轮台县。

〔鹦鹉能言〕　《汉书·武帝纪》：“南越献能言鸟。”颜师古注曰：“即鹦鹉也，今陇西及南海并有之。”又旧题师旷《禽经》：“鹦鹉摩背而喑。”张华注曰：“鹦鹉出陇西，能言。”

〔“六州”云云〕　升庵《词品》卷一有“六州歌头”条，

云："六州得名，盖唐人西边之州：伊州、梁州、甘州、石州、渭州、氐州也。"较此所云六州多"石州"而少"凉州"。洪迈《容斋随笔》卷十四"大曲伊凉"条云："今乐府所传大曲皆出于唐，而以州名者五：伊、凉、熙（属陇西郡）、石、渭也。《凉州》今转为《梁州》，唐人已多误用，其实从西凉府来也。"据洪氏此说，则"梁州"即"凉州"，属陇右，而非谓山南西道之梁州也。又，历代皆无"氐州"之名，升庵举"氐州"以凑"六州"之数，其所据或即以周邦彦有《氐州第一》之曲也。按，汉陇西郡有氐道县，唐属陇右天水郡，美成制曲，或取其地古称而定曲名也。升庵"六州歌头"之说，明清以来，学者多沿其说。而近人任半塘力辨其非，《唐声诗》下编"簇拍陆州"条云："凡兴于地方之声乐，代表相邻之某一地区则可，代表不同之若干地区则不可。""此六州各有地区，且亦各有歌曲，如何又合有一《六州》总曲？唐乐未闻有此制。"又云："唐六胡州在宥州，今陕西之靖边、横山等县，李益诗中之无定河亦在焉。六胡州所安置之胡部，称'六州胡'。"按《旧唐书·地理志》"灵州大都督府"："（贞观）二十年，铁勒归附，于州界置皋兰、高丽、祁连三州，并属灵州都督府。永徽二年，废皋兰等三州。调露元年，又置鲁、丽、塞、含、依、契等六州，总为六胡州。"据知唐六胡州，乃专为内附九姓铁勒而设，其地当在今甘肃灵武一带，即《唐会要》卷七十三"灵州都督府河曲六州"是也。任氏所云"唐六胡州在宥州，今陕西之靖边、横山等县"，地域稍误，而其以《六州》曲出六胡州，则是矣。

〔"宋时大丧"云云〕　大丧，古时谓帝、后及太子的丧礼。《周礼·天官·宰夫》注："大丧，王、后、世子也。"后世父母之丧亦称大丧。宋程大昌《演繁露》卷十六"六州歌头"条："《六州歌头》，本鼓吹曲也。近世好事者，倚其声为吊古词。如'秦亡草昧，刘项起吞并'者是也。音调悲壮，又以古兴亡事实之，闻其歌使人怅慨，良不与艳辞同科，诚可喜也。本朝鼓吹止有四曲，《十二时》《导引》《降仙台》并《六州》为曲。每大礼宿斋，或行幸遇夜，每更三奏，名为警场。真宗至自幸亳，亲飨太庙，登歌始作，闻奏严。遂诏自今行礼罢乃奏。政和七年，诏《六州》改名《崇明祀》。然天下仍谓之《六州》，其称谓已熟也。今前辈集中，大祀、大恤皆有此词。"升庵当据此为说。

突厥三臺

盛小丛

雁门山上雁初飞，　马邑阑中马正肥。
昨夜阴山逢驿使，　殷勤南北寄征衣。

盛小丛，雁门妓女也。此诗甚佳，乐府歌之。

《三臺》曲名，自汉有之，而调之长短，随时变易。《韦应物集》有《上皇三臺》，元曲有《鬼三臺》，讹为《三台》云。

【校】

本诗作者非盛小丛，姑存之，说见下注。《乐府诗集》卷七十五“杂曲歌辞”所载，第三句作“日盱山西逢驿使”；《万首唐人绝句》卷五十八、明铜活字本《唐人五十家诗集》中《韦苏州集》所载并同，唯“日盱”作“日昨”。末句“寄征衣”，《乐府诗集》《唐人五十家诗集》皆作“送征衣”。

【笺注】

〔盛小丛〕　升庵《丹铅总录》卷二十一有“盛小丛”条云：“《乐府诗集》有《突厥三臺》，其辞曰云云，乃唐妓盛小丛诗也，传者失其名。”《全唐诗》卷八百二从之。按《云溪友议》卷上《饯歌序》条载其事云：“李尚书讷为浙东廉使，夜登越城楼，闻歌曰：‘雁门山上雁初飞。’其声激切。召至，曰：‘去籍之妓盛小丛也，梁园供奉南不嫌女甥。所唱者，乃不嫌昔所授也。’时察院崔侍御元范自幕府赴阙庭，李饯之，命小丛歌饯，在座各为一绝赠送之。讷诗云：‘绣衣奔命去情多，南国佳人敛翠娥，曾向教坊听国乐，为君重唱盛丛歌。’”据此，则可知此诗乃乐府旧曲，盛小丛唱之而已。如王维“清风明月独离居”之传为“李龟年所歌”（见本卷《伊州歌》校语），此诗亦当题“南不嫌所歌”或“盛小丛所歌”，而其辞作者，则不知名矣。而事在越州，盛小丛亦非升庵所云之“雁门妓女”也。《乐府诗集》卷七十五载此不署作者，是矣。

〔雁门山〕　雁门山，一名句注山，在今山西省代县西北。山顶有关，曰雁门关，为古代边防要塞。

〔马邑阑中马正肥〕　马邑，古地名。《汉书·地理志下》：“雁门郡马邑。”师古注曰：“《晋太康地记》云：‘秦时建此城辄崩不成。有马周旋，驰走反覆，父老异之，因依以筑城，遂名为马邑。'" 西汉初韩王信都于此，汉、唐皆为边塞重镇。旧址在今山西省朔州西北。阑，通栏，此指马圈。《汉书·赵充国传》："到秋马肥，变必起矣。宜遣使者行边，兵预为备。"秋季雁飞马肥，正是边情紧急的时候。

〔阴山〕　阴山，即今阴山山脉。《汉书·匈奴传下》："北边塞至辽东，外有阴山，东西千余里，草木茂盛，多禽兽。本冒顿单于依阻其中，治作弓矢，来出为寇，是其苑囿也。至孝武世，出师征伐，斥夺此地，攘之于幕北。建塞徼，起亭隧，筑外城，设屯戍以守之。然后边境得用少安。"

〔驿使〕　传递公文及押运军用物资的使者。

〔《三臺》曲名，自汉有之〕　《三臺》曲名之始，盖有二说。《乐府诗集》卷七十五郭茂倩注引《后汉书》曰："蔡邕为侍御史，又转持书侍御史，迁尚书，三日之间，周历三臺。"又引冯鉴《续事始》曰："乐府以邕晓音律，制《三臺曲》以悦邕，希其厚遗。"此"臺"乃官署之名。然"臺"复有平臺、高阁之义。故郭茂倩又引《刘宾客嘉话录》曰："三臺送酒，盖因北齐高洋毁铜雀臺，筑三个臺，宫人拍手呼'上臺送酒'，因名其曲为《三臺》。"再引李匡乂《资暇集》曰："《三臺》，三十拍促曲名。昔邺中有三臺，石季龙常为宴游之所，乐工造此曲以促饮。"此二义皆可通，故郭氏不置可否，只云"未知孰是"。而升庵于此则取其前说，故云"《三臺》曲名，自汉有之"。

〔《韦应物集》有《上皇三臺》〕　按《乐府诗集》卷七十五"杂曲歌辞"下载《三臺》二首，题韦应物作，其后复载

《上皇三臺》《突厥三臺》二首，皆未著作者姓氏。《万首唐人绝句》卷七收《上皇三臺》入韦应物诗，《全唐诗》从之；卷五十八收《突厥三臺》入“乐府辞二十五首”中，未署作者。明铜活字本《唐人五十家诗集》又收《突厥（三）臺》入《韦苏州集》。然此二诗皆宋人编《韦江州集》所无，恐未必为韦作也。

〔《鬼三臺》，讹为《三台》〕　元曲调名《鬼三臺》又作《三臺印》，套数、散曲皆有，“臺”字多作“台”。古“臺”“台”本为二字，故升庵谓“台”乃“臺”字之讹。后世“台”可通作“臺”，而“臺”无“台”之义，今统一简化作“台”矣。今试区以别之：“三臺”，《后汉书·袁绍传》唐章怀太子李贤注引《晋书》曰：“汉官：尚书为中臺，御史为宪臺，谒者为外臺。是谓三臺。”“三台”则为星名，乃三公之象。《后汉书·郎颉传》注引《春秋元命包》曰：“魁下六星，两两而比，曰三台。”又《刘玄传》注引《春秋汉含孳》曰：“三公在天为三台。”今于人敬称曰“台端”，或谓繁写作“臺端”。实则“臺端”乃敬其官，“台端”乃尊其贵，二者亦小有区别焉。

水调歌

无名氏

千年一遇圣明朝，　愿对君王舞细腰。
乍可当熊任生死，　谁能伴凤上云霄。

此诗借宫词以讽。卢照邻诗：“得成比目何辞死，愿作鸳鸯不羡仙。”许棠诗：“导引句如鸜鹆舞，步虚争似鹧鸪词。”高季迪诗：“酒醒金屋曙河流，愿赐铜盘一滴秋。他日君王上仙去，瑶池犹幸得同游。”妙得此意。

【笺注】

〔水调歌〕　《乐府诗集》卷七十九“近代曲辞”载《水调歌》十一叠，皆无作者，此诗为“入破第五”。题下郭茂倩注云：“《乐苑》曰：‘《水调》，商调曲也。’旧说，《水调》《河传》，隋炀帝幸江都时所制。曲成奏之，声韵怨切。王令言闻而谓其弟子曰：‘但有去声而无回韵，帝不返矣。’后竟如其言。”

〔细腰〕　《后汉书·马廖传》：“楚王好细腰，宫中多饿死。”

〔乍可当熊任生死〕　“乍可”，犹言宁可。“当熊”，《汉书·外戚传》：“（元帝）建昭中，上幸虎圈斗兽，后宫皆坐。熊佚出圈，攀槛欲上殿，左右贵人、傅昭仪等皆惊走，冯婕妤直前当熊而立。左右格杀熊。上问：‘人情惊惧，何故前当熊？’婕妤对曰：‘猛兽得人而止，妾恐熊至御坐，故以身当之。’元帝嗟叹，以此倍敬重焉。”

〔伴凤上云霄〕　秦穆公女从萧史学凤鸣，一日随凤仙去（详见本书卷二《酬严给事玉蕊花》诗注）。

〔宫词〕　以宫中生活为题材的诗歌。王建尝制《宫词》一百首。

〔卢照邻诗云云〕　卢照邻，字升之，范阳（河北涿州境）人，尝官新都尉。后以风疾病废，不堪其苦，自沉颍水而死。有《幽忧子集》传世，诗存九十余首。与王勃、杨炯、骆宾王齐名，称“初唐四杰”。所引诗是其《长安古意》中句。“比目”，鱼名。《尔雅·释地》：“东方有比目鱼焉，不比不行，其名谓之鲽。”比喻形影不离。“鸳鸯”，《古今注》卷中：“鸳鸯，水鸟，凫类也。雌雄未尝相离，人得其一，一思而死，故谓之匹鸟也。”

〔许棠诗云云〕 许棠，字文化，宣州泾县人，登咸通十二年进士第，为泾县尉。此引诗句，《全唐诗》许棠诗下不载，陈尚君《全唐诗续拾》亦不取，未知升庵所据，俟考。二句盖言养身修行，不如纵情声色之可乐也。“导引”，古代的一种养生术，与今之气功相类。《庄子·刻意》：“吹呴呼吸，吐故纳新，熊经鸟伸，此道引之士，养形之人也。”“道”与“导”字通。此主练气养生。“鸜鹆舞”，鸜鹆，亦作鸲鹆，鸟名，俗称“八哥”。《晋书·谢尚传》曰：“王导辟谢尚为掾，尚始至府通谒，导以其胜会，谓曰：‘闻君能作鸜鹆舞，一坐倾想，宁有此理不？’尚曰：‘佳！’便着衣帻而舞。导令坐者抚掌击节，尚俯仰在中，傍若无人。”此谓纵情自适。“步虚”，乐府曲名。《乐府诗集》卷七十八有《步虚词》，郭注引《乐府题解》曰：“《步虚词》，道家曲也，备言众仙缥缈轻举之美。”此谓遁世清修。“鹧鸪词”，亦曲名，属乐府羽调曲。《乐府诗集》卷八十收有李益《鹧鸪词》一首、李涉二首，皆绮靡言情之作也。

〔高季迪诗云云〕 此为高启《十宫词》之四《汉宫》词，见《高太史大全集》卷十七。高启，字季迪，长州人，自号青邱子。明太祖洪武初诏修《元史》，授翰林院国史编修，擢户部侍郎，放还。后为魏观作《上梁文》，连坐死。启诗出入汉魏、盛唐至宋元之间，当时推为大作手。《明史》有传。

〔金屋〕　谓宠妃所居。《汉武故事》曰："武帝为胶东王时，长公主嫖有女，欲与王婚，景帝未许。后长公主还宫，胶东王数岁，长公主抱置膝上，问曰：'儿欲得妇否？'长主指左右长御百余人，皆云不用。指其女问曰：'阿娇好否？'笑对曰：'好！若得阿娇作妇，当作黄金屋贮之。'长主乃苦要帝，遂成婚焉。"

〔曙河〕　天将晓时的银河。

〔愿赐铜盘一滴秋〕　"铜盘"，汉武帝好仙，作铜盘承露，以为服之可以成仙。《汉书·郊祀志》上："其后又作柏梁铜柱、承露仙人掌之属矣。"颜师古注："《三辅故事》云：建章宫承露盘高二十丈，大七围，以铜为之。上有仙人掌承露，和玉屑饮之。""一滴秋"，秋指秋露。欲得君余饮，可同登仙道而得长承恩幸也。

〔他日〕　犹云异日，指将来。

〔瑶池〕　传说中西王母所居，见《穆天子传》。《汉武内传》记王母来降汉宫时，上元夫人谓武帝曰："明修所奉，比及百年，阿母必能致汝于玄都之墟，迎汝于昆阆之中，位以仙官，游于十方。"诗用其语。

水鼓子

无名氏

雕弓白羽猎初回，　薄夜牛羊复下来。
青冢路边荒草合，　黑山峰外阵云开。

《水鼓子》后转为《渔家傲》。

【校】

此诗见《乐府诗集》卷八十“近代曲辞”、《万首唐人绝句》卷五十八“乐府辞二十五首”，皆无主名，其第三句俱作“梦水河边秋草合”。

【笺注】

〔水鼓子〕　“水鼓子”，唐教坊曲名。此诗明李攀龙《唐诗选》卷七选之，以为初唐人张子容所作，不知所据。

〔雕弓白羽〕　“雕弓”，画有花纹的弓。司马相如《子虚赋》：“左乌号之雕弓。”郭璞注曰：“雕，画也。”“白羽”，指用白色羽毛制的箭。《上林赋》：“弯蕃弱，满白羽。”文颖注曰：“以白羽为箭，故言白羽也。”

〔薄夜牛羊复下来〕　薄，迫近也。“薄夜”，黄昏。“牛羊下来”，用《诗经·王风·君子于役》篇第一章中语，今录全章于下：“君子于役，不知其期，曷至哉？鸡栖于埘，日之夕矣，牛羊下来。”写妻子怀念远戍的丈夫，每至傍晚鸡鸭入埘、牛羊返圈时，就更加情意切切、思念不已。此诗则反用之，是征人见此而思归之意。

〔青冢路边荒草合〕　“青冢”，即王昭君墓，在今内蒙古呼和浩特市南。旧传塞外草白，惟此墓上草独青。此句言征战连年，昭君和亲之路竟荒草萦蔓了。

〔黑山〕　山在内蒙古呼和浩特市东南，今称杀虎山。古乐府《木兰辞》有“暮宿黑山头”之句，即此。

〔阵云〕　“阵云”，《史记·天官书》：“阵云立如垣墙。”古人迷信，以为云形如战阵，将要发生战争。徐陵《关山月》：“星旗映疏勒，云阵上祁连。战气今如此，从军复几年？”即此句意。

〔《水鼓子》后转为《渔家傲》〕　按唐《教坊记》曲名有《水沽子》，疑即此曲。但本调为平韵，《渔家傲》为仄韵，似难转成。俟考。

宫　词

徐凝

水色帘前流玉霜，　汉家飞燕在昭阳。
掌中舞罢箫声绝，　三十六宫秋夜长。

徐凝诗多浅俗，《瀑布诗》为东坡所鄙，独此诗有盛唐风格。

【校】

《万首唐人绝句》卷三十九载有这首诗，题目作《汉宫曲》，其第二句“汉家”作“赵家”，“在昭阳”作“侍昭阳”。

【笺注】

〔徐凝〕　徐凝，睦州人，唐元和间有诗名，为白居易、元稹所称许。曾经游宦京师，不得意，作诗辞韩愈说：“一生所遇唯元白，天下无人重布衣。欲别朱门泪先尽，白头游子白身归。”最后以布衣终。

〔玉霜〕　玉霜，形容银白色的月光。

〔飞燕〕　飞燕，汉成帝赵皇后因为舞姿轻盈，故号称“飞燕”。

〔昭阳〕　昭阳，汉宫名。此指装饰极其华丽的宫殿。《汉书·外戚传》：“皇后（飞燕）既立，后宠稍衰。而弟绝幸，为昭仪，居昭阳舍。其中庭彤朱，而殿上髹漆；切皆铜沓黄金涂；白玉阶，壁带往往为黄金釭，函蓝田璧，明珠、翠羽饰之。自后宫未尝有焉。”

〔掌中舞〕　传说赵飞燕体态十分轻盈，能作掌上舞。见《白孔六帖》卷六十一。

〔三十六宫〕　汉京长安有离宫、别馆三十六所。班固《西都赋》：“离宫别馆，三十六所。”

〔《瀑布诗》为东坡所鄙〕　苏轼有《戏题徐凝瀑布诗》一首，其序曰：“世传徐凝《瀑布诗》，云‘一条界破青山色’，至为尘陋。又伪作乐天诗称美此句，有‘赛不得’之语。乐天虽涉浅易，岂至是哉？乃戏作一绝。”诗云：“帝遣银河一派垂，古来唯有谪仙辞。飞流溅沫知多少，不与徐凝洗恶诗。”徐凝《庐山瀑布》诗云：“虚空落泉千仞直，雷奔入江不暂息。今古长如白练飞，一条界破青山色。”白居易称徐凝诗事，见《云溪友议》“钱塘论”条。

青楼曲

王昌龄

白马金鞍从武皇，　旌旗十万宿长杨。
楼头少妇鸣筝坐，　遥见飞尘入建章。

此咏游侠恩幸，有如此之夫，有如此之妇，含讽感时，意在言表。

【校】

本诗及下《长信秋词》原失载作者姓名，据《万首唐人绝句》卷十七补。又《万首唐人绝句》“少妇”作“小妇”。

【笺注】

〔青楼曲〕　王昌龄《青楼曲》共二首，此是第一首。其第二首云：“驰道杨花满御沟，红妆漫绾上青楼。金章紫绶千余骑，夫婿朝回初拜侯。”若将两首合起来读，更可以看出其中含讽感时的主旨。清潘德舆《养一斋诗话》卷二评论这首诗说：“此国风之遗也。‘彼其之子，三百赤芾’（《诗经·曹风·候人》）其此之谓欤?”又说：“极写富贵景色，绝无贬词，而均从楼头小妇眼中看出。而一种佻达之状，跃跃纸上，而彼时奢淫之失，武事之轻，田猎之荒，爵赏之滥，无不一一从言外会得，真绝调也。”此论可与升庵之说相互参证。王闿运尝举此诗，以为七言绝句标式。并云：“此即事写景，与太白《白马骄行篇》同。彼云：‘美人一笑搴珠帘，遥指红楼是妾家。’则不及鸣筝者之骄贵也。故诗须有品，艳体尤宜名贵。”（见《王志》）其说亦可供参考。

〔王昌龄〕　昌龄字少伯，江宁人，玄宗开元中及进士第，授校书郎，又再中宏词科，迁汜水尉。后因事贬官江宁丞，再贬龙标尉。安史乱起，辞官归江宁，途中被濠州刺史闾丘晓所杀。昌龄工诗，七绝尤著盛名。世称“王江宁”“王龙标”。

〔白马金鞍〕　此指其人地位之骄贵尊显。古乐府《陌上桑》：“东方千余骑，夫婿居上头。何用问夫婿，白马从骊驹。青丝系马尾，黄金络马头；腰间鹿卢剑，可值千万余。”又曹植《白马篇》：“白马饰金羁，连翩西北驰，问是谁家子，幽并游侠儿。”

〔武皇〕　武皇，汉武帝，唐诗中习用作当时皇帝的代称。

〔旌旗十万宿长杨〕　“旌旗十万”，指随驾行猎的军队。“长杨”，汉之别宫，在今周至县东南三十里，本秦旧宫，汉修饰之以备行幸（见《三辅黄图》）。张衡《西京赋》言天子畋猎之后，又曰：“于是鸟兽殚，目观穷，迁延邪睨，集乎长杨之宫。息行夫，展车马，收禽举胔，数课众寡，置互摆牲，颁赐获卤；割鲜野飨，犒勤赏功，五军六师，千列百重（一列千人，百重正好十万）。”此句极写天子畋猎时军容之盛，以见从猎者之声势赫奕。

〔遥见飞尘入建章〕　建章，汉宫名。《汉书·郊祀志》下：武帝以柏梁台灾，“于是作建章宫，度为千门万户，前殿度高未央”。旧址在今陕西西安市郊，未央宫之西。这句说，猎事已毕，回到长安，只见飞尘蔽日。则车从浩荡，人马驰驱之状，自在其中。

西宫秋怨

芙蓉不及美人妆，　水殿风来珠翠香。

却恨含情掩秋扇，　空悬明月待君王。

司马相如《长门赋》：“悬明月以自照兮，徂清夜于洞房。”此用其语，如李光弼将子仪之师，精神十倍矣。作诗者，其可不熟《文选》乎？

【校】

此诗原误作《长信秋词》，《万首唐人绝句》卷十七、《唐诗纪事》卷二十四所载，并题作《西宫秋怨》。今据改。检明刊本《文苑英华》卷二百四载此诗及其二“西宫夜静百花香”，题作“同前”，其前五首，除第一首题《长信宫》外，皆署“同前”。升庵即据此，承前误题本诗为“长信秋词”。而《文苑英华》本卷卷首“目录”中《长信宫五首》，即谓此诗前之五首，其后《西宫秋怨二首》，即此二首。是知《文苑英华》本不误，而“同前”之讹，实乃手民刊刻所致也。元杨士弘《唐音》及明高棅《唐诗品汇》所载皆不误。

【笺注】

〔芙蓉〕　指荷花。

〔水殿〕　修建于水池中的宫殿。任昉《述异记》：“汉武帝于昆明池中作豫章水殿。”庾信《咏画屏风》：“荷香熏水殿，阁影入池莲。”

〔掩秋扇〕　《玉台新咏》载班婕妤《怨诗》，题解说：“昔有汉成帝班婕妤失宠，供养于长信宫，乃作赋自伤，并作《怨诗》一首。”她这首诗拿纨扇比喻自己的命运，说：“常恐秋节至，凉飙夺炎热。弃捐箧笥中，恩情中道绝。”意思是：常常害怕秋天到来，凉风一起，炎热退了，扇子就会被人们抛弃，收藏在箱子里。掩，遮蔽的意思。掩在胸前，暗示美人虽美，却得不到君王的爱顾，亦如秋扇之将捐。

〔悬明月〕　班婕妤《怨诗》：“裁为合欢扇，团团似明月。”此处是以掩在胸前的纨扇，联系到悬在天上的明月。与司马相如《长门赋》：“悬明月以自照兮，徂清夜于洞房”自然巧合。李白的“夜悬明镜青天上，独照长门宫里人”（《长门怨》），则是直接运用《长门赋》。徂，往，度过。洞房，指深宫。

〔司马相如《长门赋》〕　司马相如，字长卿，蜀郡人，西汉著名辞赋家。汉武帝时官武骑常侍，拜文园令。武帝陈皇后失宠，相如为之作《长门赋》而得复幸。

〔李光弼将子仪之师〕　李光弼，营州柳城人，唐玄宗、肃宗两朝名将。官至太尉兼侍中，天下兵马副元帅等职，封郑国公。平定安史之乱，其战功当时“推为中兴第一”。《新唐书·李光弼传》云：“其代子仪朔方也，营垒士卒麾帜无所更，而光弼一号令之，气色乃益精明云。”葛立方《韵语阳秋》引叶梦得云：“诗人点化前作，正如李光弼将郭子仪之军，重经号令，精彩数倍。”（叶语见《石林诗话》卷上）刘克庄也说：“唐人评昌黎公之文，雄伟不常，比之武事……若李临淮因郭汾阳之营屯壁垒，一号令之，而精采变。”（见《后村大全集·陈秘书集句诗跋》）可见，这是宋人论诗常用的典故。

陇西行

陈　陶

誓扫匈奴不顾身，　五千貂锦丧胡尘。
可怜无定河边骨，　犹是春闺梦里人。

此诗吊李陵也，李陵以步卒五千，败于浚稽山下。杨诚斋深取此诗。

汉贾捐之《罢珠崖疏》云："父战死于前，子斗伤于后。女子乘亭障，孤儿号于道。老母寡妇，饮泣巷哭。遥设虚祭，想魂乎万里之外。"唐李华《吊古战场文》："其存其没，家莫闻知。人亦有言，将信将疑。悁悁心目，梦寐见之。"陈陶此诗与贾、李之文意同，而入于二十八字之间，尤为精婉矣！言之精者为文，文之精者为诗；绝句，又诗之精者也。讵不信哉！陶又有《关山月》乐府云："青冢曾无尺寸功，锦书多寄穷荒骨。"又此诗之余意。

无定河在今青涧县东六十里，一名奢延水，又名银水，一作圁。

焦评：可泣鬼神。

【校】

"浚稽山"原作"峻稽山"，据《汉书·李陵传》改。

所引《吊古战场文》中，“悁悁”原作“狷狷”，据《文苑英华》及《全唐文》改。又：“人亦有言”，《英华》“亦”作“或”；“梦寐见之”，“梦”作“寝”。

【笺注】

〔陇西行〕　《陇西行》，乐府旧题。《乐府诗集》卷三十七归入《相和歌辞·瑟调曲》中。其中收陈陶《陇西行》四首，此是其第二首。“陇西”，地名，指陇山以西的地区。

〔陈陶〕　陈陶，字嵩伯，岭南人，精通天文律历。唐宣宗大中中，曾游学长安，应进士举，不第。由于他的思想不合于当时一般士人的好尚，因此后来他独自隐居在洪州西山中，种柑橙，卖以自给。其妻儿皆通诗书，自称“三教布衣”。他求仙学道，因此身后传闻颇多，宋太祖开宝间，尚传有人见到他，其后即不知所终了。《南唐书》有传。

〔誓扫匈奴不顾身〕　此句翻用司马迁“常思奋不顾身，以殉国家之急”语，以言戍边将士勇赴绝域，为国靖难的气概。

〔五千貂锦丧胡尘〕　“貂锦”，貂裘锦袍，汉羽林军的服装。此处“五千貂锦”，意即五千战士。《文选·李少卿（陵）·答苏武书》：“昔先帝授陵步卒五千，出征绝域。”李陵此次出征，恃勇冒进，全军覆没，所以说“丧胡尘”。

〔此诗吊李陵也〕　此诗借汉李陵事以讽唐之滥用武事。李陵，汉名将李广之孙，有大志，司马迁说他“常思奋不顾身，以殉国家之急”。汉时，大宛出汗血马，武帝欲夺取之，于是任命宠妃李夫人之兄李广利为贰师将军，率大军出祁连山，而以李广之孙李陵引步卒五千出居延为助。李陵出，遭匈奴单于数万人，与连战十数日，胡中震动，一国共攻而围之。而李广利却按兵不救，致令李陵全军覆没，屈节投降。当李陵军血战时，战士们“转斗千里，矢尽道穷，救兵不至，士卒死伤如积。然陵一呼劳军，士无不起，躬自流涕，沫血饮泣，更张弓拳，冒白刃，北向争死敌者”。李陵降敌，固不足言，而五千战士英勇赴敌，本来是欲为国捐躯，然而却只不过为满足统治者的穷奢极欲而枉死沙场，空教闺人长怀怨思。这不能不使人悲惋而又愤慨。“浚稽山”，分东浚稽与西浚稽，地在今蒙古人民共和国境内。

〔杨诚斋〕　杨万里，字廷秀，号诚斋，江西吉水人。宋高宗绍兴二十四年进士。与尤袤、陆游、范成大并称南宋中兴四大诗人。诗风清新，号“诚斋体”。有《诚斋集》。其卷八十三《颐庵诗稿序》云：“夫诗何为者也？尚其词而已矣。曰：‘善诗者去词。’然则尚其意而已矣。曰：‘善诗者去意。’然则去词、去意，则诗安在乎？曰：‘去词、去意，而诗有在矣。’然则诗果焉在？曰：‘尝食夫饴与荼乎？人孰不饴之嗜也，初而甘，卒而酸；至于荼也，人病其苦也。然苦未既，而不胜其甘。诗亦如是而已矣。昔者暴公谮苏公，而苏公刺之。今求其诗，无刺之之词，亦不见刺之之意也。乃曰二人从行，谁为此祸？使暴公闻之，未尝指我也，然非我其谁哉！外不敢怒，而其中愧死矣。’《三百篇》之后，此味绝矣，惟晚唐诸子差近之。《寄边衣》曰：‘寄到玉关应万里，戍人犹在玉关西。’《吊战场》曰：‘可怜无定河边骨，犹是春闺梦里人。’《折杨柳》曰：‘羌笛何须怨杨柳，春光不度玉门关。’《三百篇》之遗味，黯然犹存也。”升庵谓“杨诚斋深取此诗”，即谓此也。

〔贾捐之〕 贾捐之，字君房，谊之曾孙。汉元帝初，因上书言事，召待诏金马门。后为中书令石显所谮，坐弃市。《汉书》有传，传中收录此文。

〔李华〕 李华，字遐叔，赵州赞皇人。唐玄宗天宝间，官监察御史，执法不阿，为权贵所嫉，徙右补阙。安禄山入长安，受伪职，乱平，贬杭州司户参军。著有《李遐叔集》。《吊古战场文》为李华名作。“悁悁”，忧忿貌。

〔无定河云云〕 无定河，是由今内蒙南部流经今陕西省北部诸县的一条黄河支流，于青涧县入河。《元和郡县志》关内道夏州朔方县：“无定河一名朔水，一名奢延水，源出县南百步。”汉朔方县，唐改岩绿县，在今陕西靖边县北。又，《舆地纪胜》卷十四：“汉圁阴县地，属西河郡。……后周于是立银州，隋开皇三年置儒林县，大业初州废属雕阴郡。唐复立银州。东北有无定河，即圁水也。圁与银音同，而《汉志》作‘圜阴’。颜师古注云：‘圜本作圁，县在圁水之阴，因以为名。王莽改为方阴。’则是圁当时已误为圜字。今有银州、银水，即是旧名犹存，但字变耳。”

按：明人王世贞《艺苑卮言》卷四评论此诗曰：“‘可怜无定河边骨，犹是春闺梦里人’，用意工妙至此，可谓绝唱矣。惜为前二句所累，筋骨毕露。‘葡萄美酒’一绝，便是无瑕之璧。盛唐地位不凡乃尔。”世贞此论，对后世影响很大，但实际上却似是而非。如清沈德潜就说：“作苦语无过此者，然使王之涣、王昌龄为之，便有余蕴。此时代使然，作者亦不知其然而然也。”（见《唐诗别裁集》卷二十）这首诗前二句遣词较为直致，用语略少含蓄，因此被王世贞指斥为病。其实，看一首诗的含蓄直致与否，应该是先看整体，再看局部。此诗前两句描写战士沙场赴敌，为国忘身，有悲壮慷慨的气氛，与后二句春闺系梦的悲婉含蓄、绵邈深远两相激射，更使人感到浓郁顿挫，有金铁交鸣之声。这首诗之所以感人至深，原因就在于此。王世贞又认为七言绝句，无论是盛唐，还是中、晚唐，皆有臻于善境的，不可以时代的优劣，定诗歌的优劣（见《艺苑卮言》卷四）。他的这种看法，倒很有道理。王翰《凉州词》："葡萄美酒夜光杯，欲饮琵琶马上催。醉卧沙场君莫笑，古来征战几人回。"和陈陶此诗都是一代名作，不宜以时代强为轩轾。

吊边人

沈彬

杀声沉后野风悲，　汉月高时望不归。
白骨已枯沙上草，　佳人犹自寄寒衣。

此诗亦陈陶之意。仁人君子观此，何忍开边以流毒万姓乎！

【笺注】

〔吊边人〕　此诗见《万首唐人绝句》卷七十三。《升庵诗话》卷十有"沈彬《入塞》诗"条，云："唐沈彬有诗二卷，旧藏有之。其《入塞》诗云：'年少辞乡事冠军，戍楼闲上望星文。生希沙漠擒骄虏，死夺河源答圣君。鸢觑败兵眠血草，马惊怨鬼哭愁云。功多地远无人纪，汉阁笙歌日又曛。'（《乐府诗集》卷二十二载此，文字稍异。升庵谓其所引出沈彬本集，义胜。）此言尽边塞之苦。”沈彬的这两首诗和陈陶的《陇西行》都是伤悼战士效命疆场，讥刺统治者穷兵黩武的著名作品。

〔沈彬〕　《唐诗纪事》卷七十一“沈彬”条云：“彬，字子文，高安人也。唐末游湖湘，隐云阳山十年余。与虚中、齐己、贯休以诗名相吹嘘。又与韦庄、杜光庭唱和，皆蜀人也，疑其曾入蜀。回吴中，江南伪命吏部郎中致仕。”马令、陆游《南唐书》俱有传。

〔杀声〕　战场上的喊杀声。沉，消沉，落下去。

〔野风〕　旷野上肃杀的秋风，寒气袭人。

〔汉月〕　指汉地之月，远戍胡地，则思汉月，即“月是故乡明”之意。陈张正见《明妃词》：“塞树暗胡尘，霜楼明汉月。”

〔亦陈陶之意〕　升庵意谓此诗立意与陈陶《陇西行》相同。见前一首。

〔开边〕　本开发边境，屯兵御侮，保境安民之意。但古代统治者常借以对外发动战争，扩张领土。

塞下曲

张仲素

阴碛茫茫塞草腓，　桔槔烽上暮烟飞。
交河北望天连海，　苏武曾将汉节归。

令狐楚与王涯、张仲素同时为中书省舍人，其诗长于绝句，号“三舍人诗”，同为一集。

【校】

此诗原题《塞上曲》，作者为“令狐楚”。按《乐府诗集》卷九十三“乐府杂题”《塞下曲》后，载有令狐楚二首、张仲素五首，皆题“同前”。此乃张仲素五首之第五首，升庵误记为令狐楚之作，《万首唐人绝句》卷十八、《唐音》《唐诗品汇》皆不误。今据《乐府诗集》改。唯《唐诗纪事》卷四十二载《三舍人集》，则以《塞下曲》五首皆为王涯诗。诗首句“塞草腓”，《万首唐人绝句》误作“塞草肥”；二句“暮烟”作“暮云”。三句“交河”，《唐诗纪事》作“关河”。

【笺注】

〔塞下曲〕　此乐府旧题，多咏边塞之事。

〔阴碛茫茫塞草腓〕　碛音气，即沙漠。腓音肥，草木枯萎。《诗经·小雅·四月》：“秋日凄凄，百卉具腓。”毛传：“卉，草也；腓，病也。”

〔桔槔烽〕　《庄子·天运》篇：“桔槔者，引之则俯，舍之则仰。”又《史记·信陵君列传》：“北境传举烽。”文颖注曰：“作高木橹，橹上作桔槔，以薪置其中，有寇则燃之，谓之烽。”《升庵文集》卷五十八有“桔槔烽”条，论之极详，其说盖本于《后汉书·光武纪》。

〔交河〕　古西域地名。《汉书·西域传》：“车师前国，王治交河城。河水分流绕城下，故号交河。”唐太宗贞观十四年置交河县，故地在今新疆吐鲁番市西二十里。

〔苏武曾将汉节归〕　汉武帝遣苏武出使匈奴，被拘胡中十九年。昭帝时与匈奴和亲，才终于不辱使命而归（详见后杜牧《边上闻胡笳》诗注）。将，持。

〔令狐楚〕　令狐楚，字慤士，华原人。以善作章奏笺启之文而称名于当时。官至同中书门下平章事，山南西道节度使。

〔王涯〕　王涯，字广津，唐宪宗时官知制诰、翰林学士，拜同中书侍郎平章事。后监盐铁，升仆射。甘露之变时被杀。

〔号“三舍人诗”，同为一集〕　此集今不见传本，唯《唐诗纪事》卷四十二载王涯、令狐楚、张仲素三人诗为一卷，并云：“右王涯、令狐楚、张仲素五、七言绝句，共作一集，号《三舍人集》，今尽录于此。”所载亦不尽为绝句。

边上闻胡笳

杜牧

何处吹笳薄暮天，　塞垣高鸟没狼烟。
游人一听头先白，　苏武争禁十九年。

二首意相似，故以相次。苏武之苦节如此，而归来只为典属国，汉之寡恩，霍光之罪也。王维诗：“苏武才为典属国，节旄秃尽海西头。”

焦评：晁以道家有宋子京手书杜诗一卷，“握节汉臣归”乃是“秃节”。以道跋云：“前辈见书自多，不似晚生但以印本为正也。”按《后汉书·张衡传》云：“苏武以秃节效贞。”杜公用此语，后人不知，改“秃”为“握”。以道徒知子京之旧本，亦不知“秃节”之字所出也，况浅学乎！

【校】

《樊川别集》别集卷一载《边上闻故笳》三首，此其第一首，三句“先”作“堪”，《万首唐人绝句》同。

【笺注】

〔杜牧〕　杜牧，字牧之，京兆万年人，宰相杜佑之孙。唐文宗太和二年进士。牧少有大志，好兵法，尝注《孙子兵法》。历官黄、池、睦、湖诸州刺史，入为考功郎中、知制诰，迁中书舍人，卒。著有《樊川文集》二十卷。杜牧诗明丽流转，七绝尤负盛名，与李商隐亦并称“李杜”。

〔薄暮〕　薄，迫近。薄暮，黄昏的时候。

〔塞垣〕　指在边境上构筑的用以阻遏外族入侵的垣墙、壕堑。《文选·鲍照·东武吟》：“后逐李轻车，追虏穷塞垣。”注：“蔡邕上书曰：‘秦筑长城，汉起塞垣，所以别内外，异殊俗。’”

〔狼烟〕　段成式《酉阳杂俎》前集卷十六：“狼粪烟直上，烽火用之。”此指边塞上的烽烟。

〔苏武争禁十九年〕　苏武，字子卿，汉武帝天汉元年（前100），出使匈奴，羁留胡中凡十九年。匈奴单于尝多次迫降，软硬兼施，然苏武坚决不从，持汉节牧羊北海上，终不辱使命。至昭帝始元六年（前 81）始得归汉，拜为典属国。其时昭帝尚幼，霍光柄权，外戚上官桀父子与霍光争权，指责光曰："苏武使匈奴二十年，不降，还乃为典属国；大将军长史无功劳，为搜粟都尉，光颛权自恣。"（见《汉书·苏武传》）"典属国"，秦汉官名，掌管当时归附的外族属国的事务。

〔王维诗云云〕　二句王维《陇头吟》中句，见《才调集》卷一。

〔节旄〕　节，使者所持的信物。以竹为杆，编以三重旄牛尾，所以又称为"旄节"。《史记·秦始皇本纪》张守节《正义》注"旄节"云："旄节者，编毛为之，以象竹节。《汉书》云'苏武执节在匈奴牧羊，节毛尽落'是也。"

〔海西头〕　海，指北海，即今俄罗斯西伯利亚南部之贝加尔湖，是当时匈奴的北界。

〔晁以道〕　晁说之，字以道，清丰人，自号景迂。宋神宗元丰五年进士，历官中书舍人、太子詹事，建炎中以徽猷阁待制终。著有《景迂生集》十二卷。

〔宋子京〕　宋祁，字子京，安州安陵人。与兄庠同以文章名天下，人称"二宋"。宋仁宗天圣初举进士，累官至翰林学士承旨，有文集一百卷。

〔焦评云云〕　按此评乃全录升庵语，见《升庵外集》卷七十五。唯"'握节汉臣归'，乃是'秃节'"下，尚有"'新炊间黄粱'乃是'闻黄粱'"一句；"按《后汉书·张衡传》"上，多一"慎"字。《升庵外集》乃焦竑所编，此殆因王诗而引及升庵之语。其《焦氏笔乘》卷一，有"秃节"条云："杜'秃节汉臣归'，今本作'握节'；右丞'节旄秃尽海西头'，今本作'空尽'。俗士无知，妄肆改窜如此。"亦据升庵为说也。

咏　　史

胡曾

漠漠黄沙际碧天，　问人云此是居延。
停骖一顾犹魂断，　苏武争销十九年。

此诗全用杜牧之句。慎少侍先师李文正公，公曰："近日儿童村学教以胡曾《咏史》诗，入门先坏了声口矣！"慎曰："如咏苏武一首，亦好。"公曰："全是偷杜牧之闻胡笳诗。"退而阅之，诚然，此外无留良者。

【校】

此见胡曾《咏史诗》卷一、《万首唐人绝句》卷五十二，题作《居延》。首句"黄沙"并作"平沙"；末句"争销"并作"争禁"。

【笺注】

〔胡曾〕　胡曾，邵阳人，唐僖宗咸通末年中进士，为汉南从事。高骈镇蜀，辟为记室参军，以幕僚终。其《咏史诗》三卷，载绝句一百五十首，杂咏史事，各以地名为题，立意在于讽喻劝戒。《唐诗纪事》卷七十一"胡曾"下载："王衍五年，宴饮无度，衍自唱韩琮《柳枝词》曰：‘梁苑隋堤事已空，万条犹舞旧春风。何须思想千年事，唯见杨花入汉宫。’内侍宋光溥咏曾诗曰：‘吴王恃霸弃雄才，贪向姑苏醉绿醅。不觉钱塘江上月，一宵西送越兵来。’衍怒，罢宴。”可以看到他的诗确具讽喻作用。但是他的诗往往只是敷衍史事，就事立论，而少兴寄，读之令人生厌。所以李东阳和杨慎都认为他的诗做得不好。

〔漠漠〕　漠漠，弥漫无际貌。

〔居延〕　古地名，故址在今内蒙古境内。《汉书·武帝纪》：“太初三年，强弩都尉路博德筑居延。”

〔停骖〕　骖，三匹马驾的车，此处泛指一般的马车。

〔全用杜牧之句〕　所谓杜牧之句，指《边上闻胡笳》诗，见前。

〔先师李文正公〕　指李东阳，字宾之，号西涯，茶陵人。明孝宗时，官至文渊阁大学士，受顾命，辅武宗，主朝政数十年，卒，谥文正。其文主沈博绝丽，诗宗唐人，影响一代风气。升庵撰《绝句衍义》时，东阳已卒，故称先师。有《怀麓堂文集》《怀麓堂诗话》。

赠李司空妓

刘禹锡

浮渲梳头宫样妆，　春风一曲杜韦娘。
司空见惯浑闲事，　断尽苏州刺史肠。

此诗见刘禹锡集中，今误以为韦应物诗，非也。盖二公皆苏州刺史，是以相涉而传讹也。《韦集》作“高髻云鬟”，盖传闻异词。

画家以淡墨笼染美人发，谓之渲，渲音衔。

焦评：《本事诗》“浮渲”作“髮髩”，一作“低堕”。《古今注》：“即堕马之遗意。”

【校】

此诗《刘宾客文集》及影宋本《刘梦得文集》俱无。唐范摅《云溪友议》“中山悔”条及孟棨《本事诗》“情感第一”、《唐诗纪事》卷三十、《万首唐人绝句》卷六所载，均以为刘禹锡诗。首句《云溪友议》《唐诗纪事》作“高髻云鬟”，《本事诗》作“髮髩梳头”，《万首唐人绝句》作“发鬓梳头”；三句“浑闲”，《云溪友议》作“寻常”；末句“苏州刺史”，《本事诗》作“江南刺史”。

此诗宋赵与时《宾退录》卷九、胡仔《苕溪渔隐丛话》后集卷九又作韦应物诗。然宋刻本《韦苏州集》、明嘉靖本《韦刺史诗集》均不载。明铜活字本《唐五十家诗集》中《韦苏州集》收此诗，但此书明人所辑，不足凭信也。

又按：焦评所引《本事诗》“髮髩”，检字书无“髮”字，此或乃“鬖髩”之讹。“鬖髩”，发髻之美者，字一作“鬡”。又“低堕”，检崔豹《古今注》“杂注第七”云：“绥堕髻，一云堕马之余形也。”而马缟《中华古今注》卷中所载“绥堕”作“倭堕”。又古乐府《陌上桑》有“头上倭堕髻”之句，则“低”当是“倭”字之误。

【笺注】

〔赠李司空妓〕　此题“李司空”，出《本事诗》(《太平广记》卷一百七十七引作“李绅”)；《云溪友议》《唐诗纪事》《宾退录》《苕溪渔隐丛话》诸书多作“杜司空”。升庵《诗话补遗》卷一“浮渲梳头”条亦引作“杜司空”。按刘禹锡与杜鸿渐不同时，而刘入京为主客郎中时，李绅方谪居在外。韦应物任苏州刺史在贞元四年，时杜鸿渐已死近二十年矣。故诸书所记，均不可靠。但此诗则广泛流传，“司空见惯”，已成人人皆知的成语。

〔刘禹锡〕　刘禹锡，字梦得，彭城人。贞元中，与柳宗元同榜进士及第。入淮南节度使杜佑幕，后入京为监察御史。唐顺宗永贞元年王叔文柄权，行新政，刘、柳皆与其谋。叔文败，贬朗州司马，后召还，以《游玄都观》诗再贬连州刺史，徙夔、和二州。久之，征入为主客郎中，又以《重游玄都观》诗出为太子宾客、分司东都。因裴度荐，再入为礼部郎中，集贤学士。裴度卒，复出为苏州刺史。武宗会昌中加检校礼部尚书，卒。有《刘梦得文集》传世。韦应物，少游太学，开元、天宝间充宿卫，扈从游幸，颇任侠负气。安史之乱后失职，乃更折节读书，由京兆功曹，累官至苏州刺史。有《韦苏州集》十卷。两《唐书》无传。

〔浮渲〕　诗中当是以画家渲染的色调，来形容妇女发髻的蓬松。

〔宫样妆〕　指宫廷中的梳妆式样。当时民间富家多以宫廷服饰为时髦，争相仿效，如韩偓即有诗说：“宫样梳头浅画眉，晚来妆饰更相宜。”

〔杜韦娘〕　唐代教坊歌曲名，见崔令钦《教坊记》。

〔司空〕　《周礼》载周六官有“冬官大司空”。后代置六部，以工部尚书配冬官大司空。唐代司空为虚职，为一品以上贵官所加尊号。

〔浑闲〕　浑闲，寻常之意。

按：此诗范摅《云溪友议》“中山诲”条及《本事诗》“情感第一”皆载之，但文与事各有异同，今录如下：《云溪友议》：“（刘禹锡言：）昔赴吴台，扬州大司马杜公鸿渐为余开宴。沉醉归驿亭，似醒，见二女子在旁，惊非我有也。乃曰：‘郎中席上与司空诗，特令二乐伎侍寝。’诗曰：‘高髻云鬟宫样妆，春风一曲《杜韦娘》。司空见惯寻常事，断尽苏州刺史肠。’”《本事诗》：“刘尚书禹锡罢和州，为主客郎中，集贤学士。李司空（《太平广记》卷一百七十七引作李绅）罢镇在京，慕刘名，尝邀至第中，厚设饮馔。酒酣，命妙妓歌以送之。刘于席上赋诗曰：‘鬟髾梳头宫样妆，春风一曲《杜韦娘》。司空见惯浑闲事，断尽江南刺史肠。’李因以妓赠之。”两书所载，首句皆不作“浮渲梳头”。刘与杜鸿渐不同时，而刘入京为主客郎中时，李绅方谪居在外，可见两书所载人与事皆不可信。

上元日寄湖杭二从事

李郢

恋别山灯忆水灯，　山光水焰百千层。
谢公留赏山公唤，　知入笙歌阿那朋？

【笺注】

〔上元日〕　上元节，正月十五日，即元宵节。元宵张灯结彩为市以度佳节。

〔李郢〕　李郢，字楚望，大中十年进士，初居杭州，历为藩镇从事，终于侍御史。郢工诗，与贾岛、清塞相善，杜牧、方干亦有唱和。刘崇远《金华子》载其事颇详。从事，幕僚之属，诗盖寄湖、杭二州州府幕僚中之旧友也。

〔恋别山灯忆水灯二句〕　山灯、水灯，指元宵节灯市的灯火。湖杭二州，一傍太湖，一傍西湖，皆有元宵灯火与山水相映之景。作者说，自从别后，今逢上元，不由得回忆起当时的节日盛况，因而产生了恋别怀旧之情。

〔谢公、山公〕　谢安喜爱携带妓乐，游赏山水；山简镇襄阳，常到习家池游宴。这都是历史上有名的人物，此处借以指节日出府游宴的州府官员。

〔知入笙歌阿那朋〕　阿那，《唐音癸签》卷二十四引遁叟云："李白：'万户垂杨里，君家阿那边。'（《相逢行》）李郢：'知入笙歌阿那朋。'阿那，犹言若个也。""若个"即哪个、哪里之意。升庵则以为是当时曲名，并云："仄韵绝句，唐人以入乐府。唐人谓之《阿那曲》，宋人谓之《鸡叫子》。"（见《外集》卷八十一《词品》"仄韵绝句"条）其必有所据。然李郢诗，当从遁叟所云为是。朋，群。这句是想象他的旧友在节日中的情况。意思说，节日处处笙歌，此招彼唤，不知道你们正走到哪一个笙歌队里面去了哩？

夔州竹枝词

刘禹锡

楚水巴山烟雨多，　巴人能唱本乡歌。
今朝北客思归去，　回入纥那披绿萝。

“阿那”“纥那”皆当时曲名。李诗言变梵呗为艳歌，刘诗言翻南调为北调。“阿那”皆叶上声，“纥那”皆叶平声，此又随方言转也。

【校】

《乐府诗集》卷八十一“近代曲辞”于刘禹锡《竹枝》九首之后，复载其《竹枝》二首，此其第二首。首句“烟雨”作“江雨”，末句作“绿萝”作“绿罗”，《万首唐人绝句》卷五所载同。

【笺注】

〔夔州〕　夔，春秋国名。《左传·僖公二十六年》：“楚人灭夔，以夔子归。”杜预注曰：“夔，楚同姓国。”秦并入巴，置巴郡，唐改置夔州，州治在今重庆奉节县。

〔竹枝词〕　《乐府诗集》：“《竹枝》本出巴、渝。唐贞元中，刘禹锡在沅湘，以俚歌鄙陋，乃依骚人《九歌》，作《竹枝》新辞九章，教里中儿歌之。由是盛于贞元、元和之间。”刘禹锡《竹枝词》序曰：“四方之歌，异音而同乐。岁正月，余来建平（今湖南常德市），里中儿联歌《竹枝》，吹短笛，击鼓以赴节。歌者扬袂睢舞，以曲多为贤。聆其音，中黄钟之羽，其卒章激讦如吴声。虽伧佇不可分，而含思宛转，有淇濮之艳。昔屈原居沅湘间，其民迎神，词多鄙陋，乃作《九歌》，到于今荆楚鼓舞之。故余亦作《竹枝词》九篇，俾善歌者扬之，附于末。后之聆巴歈，知变风之自焉。”（见《刘梦得文集》卷九）

〔巴人〕　巴地之人。巴本春秋国名，为秦惠文王所灭，后并入夔地置巴郡，故称夔州人为巴人。

〔本乡歌〕　指《竹枝词》。

〔北客〕　北人客居于南方者。此或禹锡自指。

〔纥那〕　曲调名。胡震亨（《唐音癸签》卷十三）云："纥那，《乐府》不著所出。今考天宝中崔成甫所翻《得体歌》，有'得体纥那也，纥囊得体那'之句，岂其所本欤?"

〔披绿萝〕　《文选·郭景纯·游仙诗》："绿萝结高林，蒙笼盖一山。"李善注："陆机《毛诗草木疏》曰：'松萝，蔓松而生，枝正青。'《毛诗》曰：'茑与女萝，施于松柏。'毛苌曰：'女萝，松萝也。'"屈原《九歌·山鬼》："若有人兮山之阿，被薜荔兮带女萝。"此言披带薜萝以为饰，盖舞者之装。

〔刘诗翻南调为北调〕　《刘禹锡集》有《纥那曲》二首，并载入《乐府诗集》卷八十二"近代曲辞"。其词云："杨柳郁青青，竹枝无限情。同郎一回顾，听唱纥那声。"（其一）"踏曲兴无穷，调同词不同。愿郎千万寿，长作主人翁。"（其二）升庵谓"回入纥那"为"翻南调为北调"，盖以《纥那曲》为北调，巴人本唱《竹枝》，今送北客，乃以南腔回入（转为）

北调，而为唱《纥那曲》也。

〔梵呗〕　佛徒诵经，称为转读，自作歌赞，则曰梵呗。见梁释慧皎《高僧传》卷十三《经师论》。升庵以李诗为“变梵呗为艳歌”，检升庵《升庵文集》卷五十六、《词品》卷一所录李郢诗，“山灯”“水灯”皆作“山登”“水登”，岂其以“山光水焰”为法筵焰火耶？

别盈上人

韩退之

山人爱山出无期，　俗士牵俗来何迟。
祝融峰下一回首，　便是此生长别离。

宋人诗话，取韩退之“一间茅屋祭昭王”一首，以为唐人万首之冠。今观其诗只平平，岂能冠唐人万首？而高棅《唐诗品汇》取其说。甚矣，世人之有耳无目也！

焦按：《河东集》有诚盈，住衡山中院者，是也。退之故不耐险，登华，悸不能下，辄恸哭，投书与家人诀。篇中“回首祝融”“此生长别”之叹，亦犹此耳。

【校】

《昌黎先生文集》卷九、《万首唐人绝句》卷三所载，首句

“山人”作“山僧”；二句“迟”作“时”；“便是”作“即是”。

【笺注】

〔盈上人〕　盈上人，指衡山中院高僧希操的弟子诚盈（见《柳河东集》卷七《衡山中院大律师塔铭》）。“上人”，本佛经中语，指有德有行的高僧。六朝以后，多称和尚为上人。《世说新语·文学》篇：“孙问深公：‘上人当是逆风家，向来何以都不言？’”

〔韩退之〕　韩愈，字退之，南阳人。少孤，刻意钻研，遂通六经百家。德宗贞元八年擢进士第。性鲠直，好直言，故多次遭贬。累官至中书舍人、知制诰。以佐裴度平淮西功，迁刑部侍郎。宪宗元和十四年，上书谏迎佛骨，谪潮州刺史，转袁州。穆宗即位，召还。历国子祭酒、兵部、吏部侍郎。卒，赠礼部尚书，谥曰文。韩愈诗奇诡恣肆，不避险拗，独辟一径。提倡古文，所作雄深雅健，尤为后世所宗。

〔山人〕　山人，指隐居山林者。庾信《幽居值春》诗：“山人久陆沉，幽径忽春临。”

〔牵俗〕　牵，羁绊。谓俗士羁绊于世俗的事务之中。

〔祝融峰〕　衡山七十二峰之一，以高峻险要著称。

〔宋人诗话〕　指南宋刘辰翁语。《韩昌黎集·楚昭王庙》诗下蒋之翘引《须溪集》云：“人评公《曲江寄乐天》绝句胜白全集，此独谓唱酬可尔。若公绝句，正在《昭王庙》一首，尽压晚唐。”其诗云：“丘坟满目衣冠尽，城阙连云草树荒。犹有国人怀旧德，一间茅屋祭昭王。”

〔高棅《唐诗品汇》〕　明高棅撰《唐诗品汇》九十卷，收唐诗人六百二十家，诗近六千首。分体编次。以初唐为正始，盛唐为正宗、大家、名家、羽翼，中唐为接武，晚唐为正变、余响，方外异人等为旁流，共九格。唐诗之分时代，始倡自宋严羽“三唐”之说，中经元杨士宏《唐音》的进一步阐述，至高棅张扬其说，初盛中晚才明确区分开来。后世论者都沿用其说，影响甚大。《品汇》卷五十收韩愈《楚昭王庙》诗，其下即采刘辰翁之说。

〔焦按云云〕　唐李肇《国史补》卷中：“韩愈好奇，与客登华山绝峰，度不可返，乃作遗书，发狂恸哭。华阴令百计取之，乃下。”焦竑即据此为说。

酬王舍人雪中见寄

三日柴门拥不开，　阶庭平满白皑皑。
今朝踏作琼瑶迹，　为有诗从凤沼来。

后人或妄改“诗从”作“诗仙”，语意索然。

【笺注】

〔王舍人〕　魏怀忠本《韩集》引樊汝霖曰：“王二十舍人，王涯也。公《赴江陵寄王二十补阙》即其人。涯，公之同年友，至是为中书舍人，以诗来寄。”云云。按《旧唐书·王涯传》载，王涯“（元和）九年，正拜（中书）舍人；十年，转工部侍郎”。方成珪《韩诗笺证》即据此定此诗为元和九年冬作。“凤沼”，正用“中书”故事。

〔白皑皑〕　皑皑，喻雪之白，汉刘歆《遂初赋》："飘积雪之皑皑。"

〔琼瑶迹〕　琼、瑶皆美玉，此借以言冰。

〔凤沼〕　《晋书·荀勖传》："勖久在中书，及守尚书令，或有贺之者。曰：'夺我凤凰池，诸君贺我耶?'"后世遂以"凤凰池"代指中书省。沼，音找，池也。

按：此诗见《韩昌黎集》卷九，原题作《酬王二十舍人雪中见寄》。魏传忠本、廖莹中本、王伯大本末句皆作"诗从凤沼来"。而祝充本作"诗仙"；文谠本亦作"诗仙"，并于其下注云："一作从。"胡仔《苕溪渔隐丛话》前集卷十八评曰："今'从'改作'仙'字，则失诗题'见寄'之意也。"升庵说疑本此。

同张水部籍游曲江寄白二十二舍人

漠漠轻阴晚自开，　青天白日映楼台。
曲江水满花千树，　有底忙时不肯来?

张籍："城中车马应无数，能解闲行有几人?"亦是此意。

【笺注】

〔同张水部籍游曲江寄白二十二舍人〕　张籍，字文昌，苏州吴人。贞元十五年登进士第，授太常寺太祝。久之，迁秘书郎。后因韩愈举荐，为国子博士，转水部员外郎，主客郎中。有文采，为当时士人所重，韩愈尤贤之。擅乐府诗，句多新警。世称“张水部”。“曲江”，即曲江池，旧址在今西安市东南，已涸。本秦之宜春苑，汉武帝以其地有水曲折似广陵之曲江，故更名曲江。隋改称芙蓉园，唐复称曲江。开元中更疏广之，为中和、上巳士人游赏胜地。当时每至春闱榜后，登第进士皆大宴于此。白二十二，即白居易。按《白居易年谱》，居易以长庆元年（《旧唐书》为长庆三年十月）授中书舍人，二年十月（《旧唐书》为四年七月）自中书舍人出守杭州，则此诗当在长庆二年春作。时张籍新自国子博士迁升水部员外郎。《白居易集》卷十九，有《酬韩侍郎、张博士雨后游曲江见寄》诗云：“小园新种红樱树，闲绕花行便当游。何必更随鞍马队，冲泥踏雨曲江头。”则言闲园幽赏之乐，而为畏“冲泥踏雨”之苦作解也。

〔漠漠〕　漠漠，清淡貌。

〔有底〕　底，何，什么。

〔城中车马应无数，能解闲行有几人〕　此张籍《与贾岛同游》诗：“水北原南草色新，雪消风暖不知尘。城中车马应无数，能解闲行有几人?”似亦游曲江诗也。

苏摩遮

张说

腊月凝寒积帝台，　齐歌急鼓送寒来。
油囊取得天河水，　上寿将添万岁杯。

《苏摩遮》，当时曲名，宋词作《苏幕遮》。说诗凡四首，第一首云："摩遮本出海西胡，琉璃宝眼紫髯须。"以此考之，即今之舞回回也。

【校】

嘉靖本《张说之文集》卷十载《苏摹遮》五首，每首末皆有"忆岁乐"三字合声。本诗为第三首，首句"凝寒"作"凝阴"；末句"上寿将添万岁杯"作"将添万寿万年杯"。《万首唐人绝句》卷七所载与《集》本同。

【笺注】

〔苏摩遮〕　《苏摩遮》一作《苏莫遮》，舞曲名，为南吕调，时号水调。《唐会要》卷三十四记载说："（中宗神龙）二年三月，并州清源县尉吕元泰上疏曰：'比见都邑城市，相率为浑脱，骏马胡服，名为《苏莫遮》。'"按"苏莫遮"本印度语，其舞自中亚传入我国。舞时手持油囊，盛水相互泼洒为戏，因此又被称为"泼寒胡戏"（见《唐书·张说传》）。

〔张说〕　张说，字道济，一字说之，洛阳人。武后时以策对贤良方正第一，授左补阙，擢凤阁舍人。中宗时累迁工部、兵部侍郎，修文馆学士。睿宗拜为中书侍郎、知政事。开元初封燕国公。官至兵部尚书、左丞相。说善文辞，当时朝廷诏诰述作多出其手，与许国公苏颋同为当时所称，号"燕许大手笔"。有《张燕公集》二十五卷。两《唐书》有传。

〔帝台〕　帝台，本神人名。然《山海经·中山经》云："高前之山，其上有水焉，甚寒而清，帝台之浆也。"据此可知诗中“帝台”，指“帝台之浆”，喻清而凉的水。

〔油囊〕　囊，即口袋，用棉布或牛羊皮制作。以桐油浸过，故称油囊，盛水不漏。

〔上寿〕　敬酒致祝辞曰上寿。《后汉书·明帝纪》：“奉觞上寿。”唐章怀太子李贤注：“寿者人之所欲，故卑下奉觞进酒，皆言上寿。”

〔摩遮本出海西胡，琉璃宝眼紫髯须〕　“海西胡”，泛指西域人。琉璃，即玻璃，多为碧色。碧眼紫髯，是西域人的特征，所以升庵以其为“舞回回”。《正字通》曰：“回回，西域大食国种（大食，即今阿拉伯）。”明丘濬曰：“国在玉门关外万里，陈隋间入中国，金元以后，蔓延滋甚。所至辄相亲，守其所谓教门尤笃，今在在有之。”明代宫廷有“回回舞”，所谓“舞回回”，即“回回舞”的舞者。明彭大翼《山堂肆考》卷一百六十有“胡腾儿”条云：“《钱起集》有《胡腾儿》词（检《钱仲文集》未见），即今之醉回回舞也。”唐李端有《胡腾歌》，词云：“胡腾身是凉州儿，肌肤如玉鼻如锥。桐布轻衫前后卷，葡萄长带一边垂。帐前跪作本音语，拾襟搅袖为君舞。安西旧牧收泪看，洛下词人抄曲与。扬眉动目踏花毡，红汗交流珠帽偏。醉却东倾又西倒，双靴柔弱满灯前。环行急蹴皆应节，反手叉腰如却月。丝桐忽奏一曲终，呜呜画角城头发。胡腾儿，胡腾儿，故乡路断知不知！”

〔诗凡四首云云〕　张说《苏摩遮》凡五首，《万首唐人绝句》只载四首，脱一首。升庵此云“四首”，当即据此。而其诗实五首，其义相连，颇能尽其情状。本诗是其第三首，今据《文集》并录其余四首于下，以供参读。

摩遮本出海西胡，琉璃宝服紫髯须。闻道皇恩遍宇宙，来将歌舞助欢娱。

绣装帕额宝花冠，夷歌骑舞借人看。自能激水成阴气，不虑今年寒不寒。

寒气宜人最可怜，故将寒水散庭前。惟愿圣君无限寿，长取新年续旧年。

昭成皇后帝家亲，荣乐诸人不比伦。往日霜前花委地，今年雪后树逢春。

白　莲

陆龟蒙

素蘤多蒙别艳欺，　此花端合在瑶池。
无情有恨何人见，　月晓风清欲堕时。

此诗为白莲传神。

【校】

《松陵唱和集》卷七、陆龟蒙《甫里集》卷十一、《万首唐人绝句》卷四十六载此诗，其第二句“端合”皆作“真合”；第三句“无情有恨何人见”皆作“还应有恨无人觉”。

【笺注】

〔白莲〕　此诗为陆龟蒙《奉和三咏》第三首，乃对皮日休《木兰后池三咏》的和诗。皮日休原作云：“但恐醍醐难并洁，只应薝卜可齐香。半垂金粉知何似，静婉临溪照额黄。”

〔陆龟蒙〕　陆龟蒙，字鲁望，苏州人。举进士不第，归隐松江甫里，自号江湖散人、甫里先生，又号天随子。后朝廷拟征授左拾遗，诏未及下即病卒于家。其诗盛称于当时，有《甫里集》二十卷。龟蒙与皮日休齐名，世称“皮陆”，二人有《松陵唱和集》十卷存世。

〔素蘤〕　素，白色。蘤，古花字。王念孙《广雅疏证》云：“《后汉书·张衡传》云：‘百卉含蘤。’李贤注引张氏《字诂》云：‘蘤，古花字。’……‘蘤’字从草、从白，为声。古音读为‘如化’，故‘花’字从化声，而古作‘蘤’。”

〔别艳〕　别，另，其他。“别艳”，意即另外那些艳丽的花。

〔端合〕　端，真，的确。合，应该。

〔瑶池〕　传说中周穆王宴集西王母及群仙的地方。《穆天子传》：“天子觞西王母于瑶池之上。”

〔无情有恨何人见，月晓风清欲堕时〕　草木无情，人却有恨。诗人托意于物，融情于景，月晓风清之中，孤芳独艳之白莲，实其自身心境之写照。见此景，寄此情，二句之所以韵致尤佳也。

〔此诗为白莲传神云云〕　王士禛《池北偶谈》云：“陆鲁望《白莲》诗：‘无情有恨何人见，月白风清欲堕时。’语自传神，不可移易。《苕溪渔隐》乃云移作白牡丹亦可，谬矣。予少时过露筋祠有句云：‘行人系缆月初堕，门外野风开白莲。’”王士禛用白莲花衬托美女，遗其貌而取其神，和陆鲁望这首诗韵致相同。又《东坡题跋》卷三：“皮日休《白莲花》诗云：

‘无情有恨何人见，月晓风清欲堕时。’决非红莲诗，此乃写物之功。若石曼卿《红梅》诗云：‘认桃无绿叶，辨杏有青枝。’此至陋语，盖村学中体也。”按东坡误以陆诗为皮作，乃记忆偶误，而所语则确然。陆龟蒙这首诗韵味深厚，颇具风调，为其传世名篇。

昌谷北园新笋

李贺

斫取青光写楚辞，　腻香春粉黑离离。
无情有恨何人见，　露压烟啼千万枝。

汗青写楚辞，既是奇事，“腻香春粉”形容竹尤妙。结句以“情”“恨”咏竹，似是不类，然观孟郊诗“竹婵娟，笼晓烟”，竹可言“婵娟”，“情”“恨”亦可言矣。然终不若咏白莲之妙。李长吉在前，陆鲁望诗句非相蹈袭，盖著题不得避耳！胜棋所用，败棋之着也；良庖所宰，族庖之刀也，而工拙则相远矣。

【校】

此诗共四首，此其第二首，《昌谷集》卷二所载文字全同。《万首唐人绝句》卷七所载，“黑离离”作“墨离离”；“露压”作“露染”。

【笺注】

〔昌谷北园新笋〕　昌谷，李贺所居。据《河南志》载："昌谷水在河南府宜阳县西九十里，旧名昌河。"新笋，此指新竹。此诗借咏竹以自况，叹自己不为世人所知。清人王琦解释此诗云："刮去竹上青皮，而写'楚辞'于其上。所谓'楚辞'者，乃长吉所自作之辞。'腻香春粉'，咏新竹之美。'黑离离'，言所写字迹之形。竹即无情，或当有恨，而无人肯寻觅观之，千枝万杆，唯有'露压烟啼'而已。慨世人无人能知之也。《南园》诗有'舍南有竹堪书字'之句，是长吉好于竹上书写，与此诗可互相参证。"此说可备参考。李贺此诗亦是组诗，今据《昌谷集》卷二录其余四首，以便诵读。

箨落长竿削玉开，君看母笋是龙材。更容一夜抽千尺，别却池园数寸泥。

家泉石眼两三茎，晓看阴根紫柏生。今年水曲春沙上，笛管新篁拔玉青。

古竹老梢惹碧云，茂林归卧叹清贫。风吹千亩迎雨啸，鸟重一枝入酒樽。

〔李贺〕　李贺，字长吉，七岁能诗。为韩愈、张籍诸人所推举，因此知名当世。因避父讳不得赴进士举，每自伤。尝做协律郎，二十七岁，郁闷而死。为文尚奇诡，绝去翰墨畦径，当时无能效之者。今存诗四卷。贺曾居昌谷，故世称"李昌谷"。

〔斫取青光写楚辞〕　斫，砍伐。青光，竹皮泛青光，此是以"青光"代指竹。此句言诗人往园中伐竹制简以写楚辞。

〔楚辞〕　王琦注："所谓'楚辞'者，乃长吉所自作之辞。”是也。屈原忠而被谤，忧愁幽思而作《离骚》。长吉碍于礼教，不能仕进，怀忧含怨，无处抒愤，故于竹上书辞以寄哀也。

〔腻香春粉黑离离〕　“腻香春粉”，言新竹之清香秀美，新竹表面傅有白粉，故言“春粉”。以美人涂脂抹粉喻竹，所以为奇也。“黑离离”，黑，晦暗；离离，分披繁盛貌。竹林茂密，其中必暗，故言“黑”。俗呼松林茂密曰“黑松林”，类此。此句言园中所见。

〔无情有恨何人见，露压烟啼千万枝〕　新竹既美而无人赏鉴，此情此恨，唯有露压烟啼而已。长吉自伤不遇，见此景，抒此情，聊发胸中烦闷。首句“写楚辞”，与此二句相连，可知其是自比于竹，有同病之叹。

〔汗青〕　上古无纸，字写在竹简上，“汗青”，谓制作竹简也。《后汉书·吴祐传》：“（吴）恢欲杀青简以写经书。”李贤注曰：“杀青者，以火炙简令汗，取其青，易书复不蠹，谓之杀青，亦谓汗简。”

〔不类〕　不类，犹言不当。

〔孟郊诗云云〕　孟郊，字东野，武康人。晚年始成进士，为溧阳尉。其诗为韩愈所称。所引是其《婵娟篇》中句。婵娟，姿态妍雅貌。

〔良庖所宰，族庖之刀〕　“良庖”“族庖”，出《庄子·养生主》。其云：“良庖岁更刀，割也；族庖月更刀，折也。”《释文》引崔譔解曰：“族，众也。”即一般的意思。好的庖丁解牛，一般的庖丁用刀不得法，解牛十分困难；而好的庖丁，用同样的刀，就能够应手而解。升庵此句意思是说，“无情有恨”四个字，李贺用得很一般，而陆龟蒙用，就用得十分好。

〔胜棋所用，败棋之着〕 同样之着，或用之则胜，或用之则败，看其用法得当与否而定。升庵以为李贺用“无情有恨”言竹，意虽可通，然终不如陆鲁望用于白莲，更见工切。

题阳人城

吕温

忠驱义感即风雷， 谁道南方乏武才？
天下起兵诛董卓， 长沙子弟最先来。

吕东莱《丽泽编》取此诗。《伍子胥兵法》云：“天无阴阳，地无险易，人无勇怯。将有智愚，算有多少，政有赏罚。”此言当矣，孔明屯五丈原，魏人畏之如虎，所用蜀兵也。虞允文采石之战，殪逆亮于顷刻，所用者，吴兵也。

【校】

《吕和叔文集》卷二，载此诗，文同。《万首唐人绝句》卷七所载，末句“子弟”作“弟子”。

【笺注】

〔阳人〕 古地名，故城在今河南汝州市西。

〔吕温〕 温，字化光，一字和叔，河中人。贞元末登进士第。与刘禹锡、柳宗元等共议改革，尤为王叔文所赏识。德宗时官左拾遗，转侍御史。顺宗朝王叔文当政时，吕温出使吐蕃未归，故叔文败，刘、柳诸人皆遭贬逐，惟吕温得免。后以事贬衡州刺史，卒。有《吕衡州集》十卷传于世。

〔长沙子弟最先来〕　董卓废少帝，并胁迫汉献帝迁都长安。关东州郡纷纷起兵讨伐他。长沙太守孙坚首先在阳人大破董卓部将胡轸，使董卓败走洛阳。事在献帝初平二年（见《资治通鉴》卷六十《汉纪》）。

〔吕东莱《丽泽编》〕　吕祖谦，字伯恭，南宋著名理学家，与朱熹、张栻齐名，世称“东莱先生”。《丽泽编》指吕祖谦所编《丽泽集诗》，今已佚。

〔伍子胥兵法〕　据《汉书·艺文志》载，兵家有《伍子胥》十篇。《唐书·经籍志》记载有《伍子胥兵法》一卷。自后就不见再有著录。宋王应麟作《汉书艺文志考证》已经说：“只见《文选》注中所引《越绝书》伍子胥《水战兵法》，未见其书。”升庵所引，不知何据。今检《太白阴经》卷一“人谋上”十篇，曰“阴经总序”“天地无阴阳篇”“人无勇怯篇”“主有道德篇”“国有强富篇”“贤有遇时篇”“将有智勇篇”“实有阴经篇”“实有探心篇”“政有诛强篇”。此或升庵综辑诸篇之名，而改易以谓《伍子胥兵法》也。

〔虞允文采石之战〕　虞允文，字彬甫，南宋高宗朝名臣。金兵入寇，允文极力主战，绍兴三十一年，以宋军一万八千人大破金主完颜亮四十余万人于采石矶，完颜亮被部将所杀，迫使金人遣使议和。事见《宋史·虞允文传》。殪，音异，杀死。

按：吕温这首诗认为成事在人，是很有见地的。刘后村说：“吕温诗云：‘天下起兵诛董卓，长沙子弟最先来。’荆公云：‘江东子弟多才俊，卷土重来未可知。’皆可以倡东南勇敢之气。”（见《后村诗话》）升庵引用古语和史事来阐明此诗的重要含义，说明他论诗亦非专主风调，不重事实。

绝句衍义笺注卷二

仙 游 寺

朱庆余

云抱龙堂藓石干，　山遮白日寺门寒，
长松瀑布饶奇状，　曾有仙人驻鹤看。

末句切题，不然，是寺皆可用矣。

【校】

《万首唐人绝句》卷八载有此诗，题作《题仙游寺》。第一句“云抱龙堂”作“石抱龙堂”。

【笺注】

〔仙游寺〕　据《一统志》载：“仙游寺，在（陕西）周至县东南。唐咸通七年（866）置。”然按《白居易集》有《仙游寺独宿》诗，云：“沙鹤上阶立，潭月当户开。此中留我宿，两夜不能回。”又有《禁中寓直梦游仙游寺》诗云：“月出清风来，忽似山中夕。因成西南梦，梦作仙游客。”居易与庆余同时，而其卒在会昌六年（846），则所游非咸通中置于周至县之“仙游寺”可知。考《王勃集》有《秋日仙游观赠道士》诗，观在陕西麟游县，亦在长安西南，传以有赤足仙人来游得名。诗有句云："回丹萦岫室，复翠上岩栊。"与朱、白诗所咏，极相近似，疑此仙游寺，即仙游观之别称也。

〔朱庆余〕　朱庆余，名可久，以字行，越州人。唐敬宗宝历三年及进士第，授官秘阁校书。见《唐诗纪事》卷四十六。《登科记考》定其为"敬宗宝历二年裴俅傍及第"。

〔龙堂〕　屈原《九歌·河伯》："鱼鳞屋兮龙堂，紫贝阙兮朱宫。"龙堂犹言龙宫。此指寺观中以雕龙为饰的堂宇。

〔饶〕　饶，多。

闺意上张水部

洞房昨夜停红烛，　待晓堂前拜舅姑。

妆罢低声问夫婿，　画眉深浅入时无？

诗人多以美人自喻，薛能《吴姬》之诗，亦其一也。宋人诗话云："东坡如毛嫱、西子，洗妆与天下妇人斗巧。"亦此意。洪容斋云："此诗不言美丽，而味其词意，非绝色第一，不足以当之。"其评良是。

【笺注】

〔闺意上张水部〕　《唐诗纪事》卷四十六："庆余遇水部郎中张籍知音，索庆余新旧篇什，留二十六章，置之怀袖而推赞之。时人以籍重名，皆缮录讽咏，遂登科。庆余作《闺意》

一篇以献，‘洞房昨夜停红烛’云云。籍酬之曰‘越女新妆出镜心’云云。由是朱之诗名，流于海内矣。”

〔停红烛〕　唐人习语，停烛即点烛之意。白居易《岁暮夜长，病中灯下，闻卢尹夜宴，以诗戏之，且为来日张本也》诗：“当君秉烛衔杯夜，是我停灯服药时。”

〔舅姑〕　妇称夫之父曰舅，母曰姑（见《尔雅·释亲》）。

〔入时〕　符合时尚。此句以画眉为喻，委婉地询问自己诗作是否入格。

〔薛能《吴姬》之诗〕　《万首唐人绝句》卷四十八载有薛能《吴姬十首》，第十首云：“身是三千第一名，内家丛里独分明。芙蓉殿上中元日，水拍银盘弄化生。”宋周弼《三体唐诗》元释圆至注云：“能少负才名，自谓当作文字官，及为武将，怏怏不平，数赋诗以见意。此乃矜其少时才望之盛，而不平之意，隐然言外。”即以美人自喻之意释此诗。

〔宋人诗话云云〕　《曲洧旧闻》卷五：“章楶质夫作《水龙吟·咏杨花》，其命意用事，清丽可喜。东坡和之，若豪放不入律吕。徐而视之，声韵谐婉，便觉质夫词有织绣工夫。晁叔用云：‘东坡如毛嫱、西施，净洗却面，与天下妇人斗好，质夫岂可比耶?’”此书宋人朱弁著，升庵误记为诗话。

〔洪容斋云云〕　洪容斋，即洪迈。语出《容斋五笔》卷四“作诗旨意”条。其云：“予独爱朱庆余《闺意》一绝句上张籍水部者曰云云。细味此章，元不谈量女之容貌，而其华艳韶好，体态温柔，风流蕴藉，非第一人不足当也。欧阳公所谓‘状难写之景，如在目前；含不尽之意，见于言外，然后为工’，斯之谓也。”

答朱庆余

张籍

越女新妆出镜心，　自知明艳更沉吟。
齐纨未是人间贵，　一曲菱歌直万金。

此诗盖深许之。朱庆余诗，王荆公《百家选》多取之。

焦按：籍取朱诗置于怀抱而推赞之，时人以籍重名，无不缮录讽咏。名流海内，遂登科第。

【校】

《万首唐人绝句》卷六十四载此诗，题作《配朱庆余》，其末句作“一曲菱歌敌万金”。《唐诗纪事》所载同。

【笺注】

〔越女〕　越女，指西施。此是代指绝色美女。

〔沉吟〕　犹疑不决貌。屈原《渔父》：“游于江潭，沉吟泽畔。”

〔齐纨〕　纨，白绢，以齐地所产者为最好。《文选·古诗十九首》：“被服纨与素。”李善注引《范子》曰：“白纨素出齐。”

〔菱歌〕　越女采菱之歌，以喻庆余所作的诗篇。

〔王荆公《百家选》多取之〕　王安石《唐百家诗选》只选入朱庆余《题蔷薇花》五律一首，此恐是升庵记忆之误。

〔焦按云云〕　此引自《唐诗纪事》卷四十六，已见前。

第三岁日咏春风凭杨员外寄长安柳

元微之

三月春风已有情，　拂人头面稍怜轻。
殷勤为报长安柳，　莫惜枝条动软声。

第三岁日，正月初三也。杨员外，名汝士，亦诗人。

此诗题甚奇，可作诗家故事。

【笺注】

〔凭杨员外寄长安柳〕　凭，托。杨汝士，字慕巢，虢州人。文宗开成中，为户部侍郎、检校尚书，镇东川，终刑部侍郎。亦元、白的诗友之一。唐人为诗，每喜以花柳喻人，而于元、白诗中尤多。如《本事诗·事感第二》云："白尚书姬人樊素善歌，妓人小蛮善舞，尝为诗曰：'樱桃樊素口，杨柳小蛮腰。'年既高迈，而小蛮方丰艳，因为《杨柳》之词以托意曰：'一树春风万万枝，嫩于金色软于丝。永丰坊里东南角，尽日无人属阿谁？'"白以永丰柳比小蛮，元诗中的"长安柳"，可能也是指的这样的人吧？

〔元微之〕　元稹，字微之，河南人。十五擢明经。元和初，对策第一，拜为左拾遗，数上书言事。后为监察御史，忤宦者仇士良，贬官江宁士曹参军。长庆中，因宦官崔潭峻进其歌诗于穆宗，擢词部郎中、知制诰、同中书门下平章事。未几罢相，出为越州刺史兼御史大夫、浙东观察使。大和初，再入为尚书左丞，户部尚书兼鄂州刺史、武昌军节度使，卒。微之生平与白居易最密，唱和甚多，世称“元白”。有《元氏长庆集》六十卷。

〔稍怜轻〕　稍，颇。言颇爱其拂面之轻柔。

〔软声〕　柔媚之声。梁简文帝《美女篇》曰：“密态随羞脸，娇歌动软声。”

按：元稹长庆三年在同州刺史任，春，杨巨源来同州，与元稹相会。时杨为虞部员外郎。检元集此诗之次即《赠别杨员外巨源》，诗中有“结识萧娘只在诗”之句。疑此诗中“杨员外”当为杨巨源也。

王舍人竹楼

李嘉祐

傲吏身闲笑五侯，　西江取竹起高楼。
南风不用蒲葵扇，　纱帽闲眠对水鸥。

长夏之景，清丽潇洒，读之使人神爽。镜川杨文懿公爱此诗，尝以“对鸥”名其阁，先师李文正公为作赋云。

赵松雪有鸥波亭。

【笺注】

〔李嘉祐〕　李嘉祐，字从一，赵州人。天宝七年擢进士第，授秘书正字。以事谪鄱阳令，调江阴令，后召入为中台郎。肃宗上元中，出为台州刺史，大历中转袁州刺史。工诗，为大历十才子之一。

〔傲吏〕　傲视权贵之小吏。晋郭璞《游仙诗》："漆园有傲吏，莱氏有逸妻。"李善注引《史记》曰："庄子者，蒙人也，名周，尝为蒙漆园吏。楚威王闻庄周贤，使使厚币迎，许以为相。庄周笑谓楚使者曰：'亟去，无污我！'"

〔五侯〕　《汉书·元后传》："（成帝）河平二年，上悉封舅（王）谭为平阿侯、商成都侯、立红阳侯、根曲阳侯、逢时高平侯。五人同日封，故世谓之'五侯'。"又后汉单超等五人以灭梁冀功，同日封侯，亦称"五侯"（见《后汉书·宦者传》）。后世遂以泛称权豪贵幸。

〔西江〕　此指长江。《庄子·外物》篇："我且南游吴越之王，激西江之水而迎子，可乎？"

〔南风〕　此谓夏季的热风。

〔纱帽〕　用轻纱制作的便帽。

〔镜川杨文懿公〕　杨文懿公，即杨守陈。守陈，字维新，鄞县人。明代宗景泰二年进士，官至吏部右侍郎。提倡精思实践之学，卒谥"文懿"。有《杨文懿公集》。"镜川"，即镜湖川，在今浙江绍兴市。

〔李文正公为作赋云〕　李文正公已见卷一胡曾《咏史》诗注。所为作赋，指其《对鸥阁赋》，见《怀麓堂集》卷二十一。其序云："对鸥阁者，侍讲学士镜川杨先生继父志而作也。杨之隩故有阁，家徙而阁亦废。先生之父梅溪公从祖父避地而归，渐复故宅。尝游川上，诵李嘉祐'南风不用蒲葵扇，纱帽闲眠对水鸥'之句，盖其志欲复兹阁，至先生而成焉。"可知爱李嘉祐此诗，实自守陈之父始。

〔赵松雪〕 赵孟頫，字子昂，自号松雪道人。宋宗室，入元，累官至翰林学士。以书法最有名，画亦入神品，并善诗文，有《松雪斋集》行世。杜甫《奉赠韦左丞丈二十二韵》结句："白鸥波浩荡，万里谁能驯。"（据《钱注杜诗》引宋本）松雪亭名"鸥波"，或取义于此。松雪尝作《鸥波亭图》，夫人管道昇画竹其上，为传世名品，见邵松年《古缘萃录》。

杨柳枝

无名氏

万里长江一带开， 岸边杨柳是谁栽？
锦帆未落西风起， 惆怅龙舟更不回。

此诗吊隋炀帝也。俯仰感慨，盖初唐之诗，后世《杨柳词》皆祖之。

【校】

何光远《鉴诫录》载此诗，未著作者姓名，首句"一带"作"一旦"；二句"是谁栽"作"几千栽"；三句"西风"作"干戈"

【笺注】

〔杨柳枝〕　《乐府诗集》卷八十一“近代曲辞”有《杨柳枝》，郭茂倩注曰：“《杨柳枝》，白居易洛中所制也。”又引薛能曰：“《杨柳枝》者，古题所谓《折杨柳》也。”

〔万里长江一带开，岸边杨柳是谁栽〕　《资治通鉴》卷一百八十《隋纪》：炀帝大业元年（605）三月，“辛亥，命尚书右丞皇甫议发河南、淮北诸郡民，前后百余万，开通济渠，自西苑引谷、洛水达于河；复自板渚引河历荥泽入汴；又自大梁之东引汴水入泗，达于淮。又发淮南民十余万开邗沟，自山阳至扬子入江。渠广四十步，渠旁皆筑御道，树以柳；自长安至江都，置离宫四十余所。庚申，遣黄门侍郎王弘等往江南造龙舟及杂船数万艘。”二句言炀帝开河种柳。

〔锦帆未落西风起，惆怅龙舟更不回〕　前书，同年“八月壬寅，上行幸江都，发显仁宫，王弘遣龙舟奉迎。乙巳，上御小朱航，自漕渠出洛口，龙舟。龙舟四重，高四十五尺，长二百丈。……共用挽船士八万余人。……舳舻相接二百余里”。自后屡乘龙舟行幸江都，及大业末，中原群雄并起，天下大乱。炀帝留滞江都，无计北归，欲都丹阳，终为宇文化及所杀。“西风”，象征兵气，同时也是以杨柳至秋而萎，暗喻隋之衰亡。

按：升庵《词品》（《外集》卷八十三）论此诗云：“唐人《柳枝词》，刘禹锡、白乐天而下凡数十首，予独爱无名氏‘万里长江一带开’云云。此诗咏史、咏物两极其妙。首句见隋开汴通江；次句‘是谁栽’三字作问词，尤含蓄。不言炀帝，而讥吊之意在其中；末二句俯仰古今，悲感溢于言外。”认为《柳枝词》当以此首与周德华一首为冠。今寻《万首唐人绝句》卷五十三，胡曾《咏史百首》中有《汴河》一首云：“千里长河一旦开，亡隋波浪九天来。锦帆未落干戈起，惆怅龙舟更不回。”以与此诗相较，字句虽异，命意造境，显然一贯。而一经变动，风调迥别。唐人每以开河种柳感叹隋亡，胡诗但言河而不言柳，又直书兵起隋亡，咏史而不咏物，遂少含蓄蕴藉之致。五代时人好唱《杨柳枝》，疑歌者因曾诗展转更改而为此作，犹《云溪友议》载周德华唱《柳枝词》“清江一曲柳千条”一首，乃更改白居易诗而成一样。升庵以此诗为初唐人作，当不足据。

又：《五代诗话》卷二“和凝”条下引《稗史汇编》云：“《杨柳枝》，即古《折杨柳》义也。本歌亡隋之曲，故陈子昂有诗云：‘万里长江一带开，岸边杨柳几千栽。锦帆未落干戈起，惆怅龙舟去不回’云云。”此书明末王忻编，复因升庵“初唐之诗”语，托名陈子昂，其谬妄更不待辩矣。

杨柳枝

韩琮

梁苑隋堤事已空，　万条犹舞旧春风。
那堪更想千年后，　谁见杨花入汉宫。

韩琮在蜀作此以讽王宗衍，亦有古意。

【校】

《蜀梼杌》卷上、《唐诗纪事》卷七十一“胡曾”下载王衍唱韩琮此诗事（见本书卷一胡曾《咏史》诗注），其引诗，三、四句作：“何须思想千年事，惟见杨花入汉宫。”《唐诗纪事》卷四十九“滕迈”下、《万首唐人绝句》卷十所载与本书同，唯二句“舞”作“带”。

【笺注】

〔韩琮〕　韩琮，字代封（《唐才子传》作“成封”），长庆四年，李群榜进士及第（见《登科记考》）。《唐诗纪事》卷五十八说他“大中中，为湖南观察使，待将士不以礼。宣宗时，为都检石载顺等所逐”。大中下距王衍乾德六七十年，可知其生年不至事蜀而以诗讽王衍。又，《蜀梼杌》卷上云：王衍乾德五年，“宴群臣于宣华苑，夜分未罢，衍自唱韩琮《柳枝词》曰云云，内侍宋光溥咏胡曾诗曰：‘吴王恃霸弃雄才，贪向姑苏醉绿醅。不觉钱塘江上月，一宵西送越兵来。’衍闻之不乐，于是罢宴。”升庵殆因《蜀梼杌》载有王衍唱琮此诗事，而误以二人为同时人。

〔梁苑、隋堤〕　《汉书·梁孝王传》所载“孝王筑东苑，方三百里”，即世称之“梁苑”，又称“梁园”“兔园”。孝王刘武，汉景帝同胞弟，为太后与帝所宠惯，处之以大国。孝王怙势娇恣，大筑园囿宫室，出入拟于天子。后因谋帝位，刺杀大臣袁盎，遂失宠忧惧而死。隋炀帝开汴通江，所筑之御道，后世称为“隋堤”。二人皆因荒淫侈靡而至败亡者，故诗人于此连类而举之。

〔汉宫〕　唐人多以汉喻唐，此“汉宫”当亦暗指唐宫。

〔王宗衍〕　王宗衍，字化源，前蜀王建第十一子，登帝位后去“宗”字。年少荒淫，委政宦官，立六年国即亡。

按：此诗似从刘禹锡《杨柳枝》“炀帝行宫汴水滨，数枝杨柳不胜春。晚来风起花如雪，飞入宫墙不见人”一首的意境化出，则末二句当以《蜀梼杌》所载为胜。

杨柳枝

周德华

清江一曲柳千条，　十五年前旧板桥，
曾与情人桥上别，　更无消息到今朝。

周德华，镜湖妓刘采春女也。此诗隐括白香山古诗为七言绝，而其妙思如此，真花月之妖也。

【校】

此诗宋绍兴本《刘梦得文集》不载，《升庵诗话》卷十一“柳枝词”条载此诗，以为刘禹锡作，盖据《云溪友议》而误，《全唐诗》卷三百六十五从之，亦误。《诗话》所载题作《柳枝词》，首句“清江”作“春江”，“十五年”作“二十年”，“情人”作“美人”，“更无”作“恨无”。

【笺注】

〔清江一曲〕　一曲，谓江流弯环。杜甫《江村》：“清江一曲抱村流。”

〔周德华、刘采春〕　二人事并见范摅《云溪友议》卷下“艳阳词”“温裴黜”二则。

〔隐括白香山古诗云云〕　王士禛《香祖笔记》卷五引升庵此说，谓出《丹铅录》，并云：“余按：此乃白乐天诗。诗本六句，非绝句；题乃《板桥》，非《柳枝》。盖唐人乐部所歌，多剪截四句歌之，如高达夫（适）‘开箧泪沾臆’，本古诗，止取四句；李巨山（峤）‘山川满目泪沾衣’，本《汾阴行》，止取末四句也。白诗云：‘梁苑城西三十里，一渠春水柳千条。若为此路今重过，二十年前旧板桥。曾与美人桥上别，更无消息到今朝。’桥在今汴梁城西三十里，中牟之东。唐人小说载《板桥三娘子》事（见《太平广记》卷二百八十六，出《河东记》），即此。与谢玄晖（朓）之‘新林浦板桥’（见《文选》卷二十七）异地而同名也。升庵博及群书，岂未睹《长庆集》者，而有此误耶？”渔洋辩周德华所唱取自白诗，题乃《板桥》，是也。然《云溪友议》即谓德华所唱为刘禹锡《柳枝词》，则其误不始于升庵。且升庵已言“此诗隐括白香山古诗为七言绝”矣，渔洋诋之何也？

高使君别宴

渚宫妓

悲莫悲兮生别离，　登山临水送将归。
武昌无限新栽柳，　不见杨花似雪飞。

高骈自渚宫移镇扬州，别宴口占“楚辞”二句，使幕客续之。久未有应，有一妓进曰：“贱妾感相公之恩，续貂可乎？”即收泪吟曰云云。合座大加赏叹，骈厚赠之。其诗绝佳，虽使温、李为之，不过如此。

“飞”一作“时”。

【校】

《万首唐人绝句》卷六十五载此诗，题作《续韦蟾句》，作者题“武昌妓”；其末句“似雪飞”作“扑面飞”，《唐诗纪事》卷五十八所载同。

【笺注】

〔高使君别宴〕　《唐诗纪事》卷五十八“韦蟾”条下云：“蟾廉问鄂州，罢，宾僚祖饯。蟾曾书《文选》句云：‘悲莫悲兮生别离，登山临水送将归。’以笺毫授宾从，请续其句。逡巡，有妓泫然起曰：‘某不才，不敢染翰，欲口占两句。’韦大惊异，令随念云：‘武昌无限新栽柳，不见杨花扑面飞。’座客无不嘉叹。韦令唱作《杨柳枝》词。”升庵以为高骈事，未知何据。高使君，指高骈。骈字千里，懿宗朝历官荆南节度、观察等使。广明之乱后，拜诸道兵马都统，镇扬州。怀二心，拥兵自固，后为部将毕师铎所杀。使君，汉代刺史的别称，后世遂谓州郡长官为“使君”。

〔渚宫〕　春秋时楚王之别宫，在今湖北省江陵县城内西北隅。

〔悲莫悲兮生别离，登山临水送将归〕　上句为屈原《九歌·少司命》中句；下句为宋玉《九辩》中句，并见《文选》卷三十二。

〔武昌柳〕　《艺文类聚》卷八十九“木部下”引《晋中兴书》曰：“陶侃明识过人，武昌道种柳，人有窃之，植于其家。侃见而识之，问：‘何以盗官柳种？’于时以为神。”庾信《杨柳歌》用之曰：“武昌城下谁见移，官渡营前那可知？”

〔续貂〕　晋赵王伦家仆役皆封爵位，每朝会尽着貂帽，当时有谚曰：“貂不足，狗尾续。”言其爵赏之滥。后世用以作自谦语，谓续他人未竟之事曰“续貂”。

〔温、李〕　指温庭筠，李商隐。宋孙光宪《北梦琐言》卷四“温李齐名”条曰：“温庭云，字飞卿，或云作‘筠’字，旧名歧，与李商隐齐名，时号曰‘温李’。”升庵以为此诗自然工巧，而又深婉含蓄，故以温、李比之。

柳枝词

薛能

和花香雪九重城，　夹路春阴十万营。
惟向边头不堪望，　一株憔悴少人行。

此诗讽刺，敖东谷解得之。首句诸本不同，或作“和风烟树”。顷见赵松雪书作“和花香雪”，语意为长。

焦评：柳本无香，此云“和花香雪”，本太白“风吹柳花满店香”也。

【校】

《乐府诗集》卷八十一“近代曲辞”载有薛能《杨柳枝》十首，此其第七首。《唐百家诗选》和《万首唐人绝句》亦载有此诗，三书首句皆作“和花烟树”，恐原作当是如此。宋赵孟奎《分门纂类唐歌诗》残本“草木虫鱼类”卷八所载亦同三书，唯末句“一株”讹作“一林”。周弼《三体唐诗》首句作“和风烟雨”。

【笺注】

〔薛能〕　薛能，字太拙，汾州人。武宗会昌六年登进士第。大中末，中书判选，补周至尉。咸通中，历官嘉州刺史、京兆尹，授工部尚书，除徐州节度使。又徙忠武军节度使。广明中为部将周岌所杀。能有集十卷，今已佚。

〔九重城〕　九重城阙，指帝都所在。《楚辞·九辩》：“岂不郁陶而思君兮，君之门以九重。”

〔十万营〕　营，军营，汉时有细柳营。这句说警卫京师的军队，气象严整。

〔惟向边头不堪望，一株憔悴少人行〕　“边头”，唐人习语，犹言“边上”，指边塞。杜甫《严氏溪放歌》中有“边头公卿仍独骄”之语；姚合《穷边词》亦有“行人不信是边头”之言。《三体唐诗》此二句，释圆至注“边事日弛而有忧思”，亦即升庵“讽刺”之意。

〔敖东谷解〕　敖英，字子发，号东谷。明武宗正德十一年进士，官至陕西、四川布政使。盛有诗名，有《心远堂诗》

《绿雪堂杂言》《东谷赘言》，今皆不存。《升庵诗话》卷十载此诗，解云："此诗意，言粉饰太平于京都，而废弛防守于边塞也。"或即本于东谷之说。

柳

李义山

曾逐东风拂舞筵，　乐游春苑断肠天。
如何肯到清秋日，　已带斜阳又带蝉。

宋庐陵陈模《诗话》云：前日春风舞筵，何其富盛；今日斜阳蝉声，何其凄凉，不如望秋先零也。形容先荣后悴之意。

【笺注】

〔李义山〕　李商隐，字义山，怀州河内人。年少有名，令狐楚奇其文，辟为掾属，使与诸子游。开成二年，以楚子令狐绹之力，擢进士第，调弘农尉。会昌中，王茂元镇河阳，以女妻之，得为侍御史。时牛、李党争甚剧，茂元属李党，故牛党中人多怒义山忘恩。茂元死，商隐复入京，时令狐绹为相，不之顾。自此奔走两广、川、陕间，依幕篱下终。商隐诗文繁缛典赡，为世所称。有《樊南甲乙集》《玉溪生诗》传世。

〔乐游苑〕　乐游苑，在今陕西省西安市南。《汉书·宣帝纪》："（神爵）三年春，起乐游苑。"唐颜师古注曰："《三辅黄图》云：'在杜陵西北。'又《关中记》云：'宣帝立庙于曲池之北，号乐游。’按其处，则今之所呼乐游庙者是也，其余基尚可识焉。盖本为苑，后因立庙乎?”

〔庐陵陈模《诗话》云云〕　庐陵，地名。东汉兴平元年置庐陵郡，治高昌，晋改治石阳。隋开皇初废，大业初复置，唐改称吉州。故址在今江西吉水县境。陈模，字子宏，南宋末庐陵布衣也。著《怀古录》三卷，一论诗，一论乐府，一论文章。升庵所谓“陈模诗话”，指此。《怀古录》卷上论此诗云:“若‘带斜阳’人能言之，‘带蝉’则无人能言矣。此尽言前日逐春风舞筵，如此可乐，后日乃带斜阳、蝉声之凄悲，则宜不肯到秋日，不如望秋先零也。此比兴先荣后悴难为情之意，足以尽之矣。”

按：商隐此诗感慨今昔，自伤迟暮，含思宛转，笔力藏锋不露，甚合升庵论诗含蓄蕴藉之旨。至其意境略显衰飒，盖时代使然。义山集中咏物之作多有寄托，实咏物诗之上乘也。

垂　柳

唐彦谦

绊惹东风别有情，　世间谁敢斗轻盈?
楚王宫里三千女，　饥损蛮腰学不成。

“蛮腰”或作“纤腰”，非。

咏柳而贬美人，咏美人而贬柳，唐人所谓“尊题格”也，诗家常例。

【校】

《才调集》卷六载此诗，首句作“绊惹春风别有情”；三、四句作“楚王江畔无端种，饿损宫娥学不成”。《唐诗纪事》卷六十八所载同，唯“东风”作“风光”、“宫娥”作“宫腰”。《万首唐人绝句》卷五十九所载此诗，末句“饥损蛮腰”作“饿损纤腰”。

【笺注】

〔唐彦谦〕　彦谦，字茂业，自号鹿门先生，并州人。咸通末进士及第。中和间，历节度副使，慈、绛、澧三州刺史，终于阆州刺史。有《鹿门集》。升庵评其诗曰：“用事隐僻，而讽喻悠远，似李义山。”（见《升庵外集》卷七十六）

〔楚王宫里三千女，饥损蛮腰学不成〕　《后汉书·马廖传》：“楚王好细腰，宫中多饿死。”“蛮腰”，用白居易“樱桃樊素口，杨柳小蛮腰”之语。

〔唐人所谓“尊题格”云云〕　宋葛立方《韵语阳秋》卷十五：“书生作文，务强此弱彼，谓之尊题。至于品藻高下，亦略存公论可也。白乐天在江州闻商妇琵琶，则曰：‘岂无山歌与村笛，呕哑嘲哳难为听。今夜闻君琵琶语，如听仙乐耳暂明。’在巴峡闻琵琶云：‘弦清拨利语铮铮，背却残灯就月明。赖是无心惆怅事，不然争奈子弦声。’至其后作《霓裳羽衣歌》，乃曰：‘湓城但听山魈语，巴峡唯闻杜鹃哭。’乍贤乍佞，何至如此之甚乎？韩退之美石鼓之篆，至有‘羲之俗书逞姿媚’之语，亦强此弱彼之过也。”升庵即据此为说。

暮江吟

白乐天

一道残阳铺水中，　半江瑟瑟半江红。
可怜九月初三夜，　露是真珠月似弓。

韵致。

诗有丰韵，言残阳铺水，半江之碧，如瑟瑟之色；半江红，日所映也。可谓工致如画。《琵琶行》云“枫叶荻花秋瑟瑟”，句意亦同。枫叶红、荻花白、瑟瑟碧，妆点秋色也。

瑟瑟，宝石名。杜诗：“雨多往往得瑟瑟。”王周诗：“嘉陵江水色，一带柔兰碧。天女瑟瑟衣，风梭晚来织。”鲁交《野果诗》：“碧如瑟瑟红靺鞨。”靺鞨，亦宝名。文与可词：“靺鞨斜红带柳，琉璃嫩绿平桥。”因解瑟瑟，并及也。

【校】

《万首唐人绝句》所载，三句“可怜”作“谁怜”；末句“露是”作“露似”。

【笺注】

〔白乐天〕　白居易，字乐天，下邽人。德宗贞元中擢进士第。元和中累官至翰林学士、左拾遗，拜赞善大夫。宰相武元衡被刺，居易上书辩其冤，为当事者所嫉，出为江州司马，徙忠州刺史。穆宗长庆中历杭、苏二州刺史，后以秘书监召入，迁刑部侍郎，又除太子少傅，分司东都。会昌初以刑部尚书致仕，居洛阳香山中，自号香山居士。年七十五，卒。居易与时人元稹、刘禹锡酬唱，号称“元白”“刘白”。有《白氏长庆集》七十一卷传世。

〔瑟瑟〕　本为碧色玉名，此处引作碧色。《新唐书·于阗传》载：“初，德宗即位，遣内给事朱如玉之安西求玉于于阗，得瑟瑟百斤。”杨慎《丹铅总录》卷二十“瑟瑟”条云：“白乐天《琵琶行》：‘枫叶荻花秋瑟瑟。’此句绝妙。枫叶红，荻花白，映秋色碧也。瑟瑟，珍宝名。其色碧，故以‘瑟瑟’影指‘碧’字。读者草草，不知其解也。今以问人，辄答曰：‘瑟瑟者，萧瑟也。’此解非是，何以证之？乐天又有《暮江曲》云：‘一道残阳铺水中，半江瑟瑟半江红。’此‘瑟瑟’岂‘萧瑟’哉？正言残阳照江，半红半碧耳！乐天有灵，必惊余为千载知音矣。”

〔可怜〕　怜，爱也。可怜即可爱。

〔真珠〕　同珍珠。

〔《琵琶行》〕　白居易谪居江州时作。

〔杜诗“雨多往往得瑟瑟”句〕　见杜甫《石笋行》，乃居成都时作。

〔王周〕　胡震亨《唐音戊签》据其诗自注有汉阳军、兴国军，为宋郡号，定为宋人。今《全唐诗》有王周诗一卷，当为五代时人入宋者。据其《峡船诗》序，知曾官于蜀。

〔鲁交〕　鲁交，字叔达，梓潼人，宋仁宗时，官虞部员外郎。有《三江集》。

〔文与可〕　文同，字与可，梓潼人。善画竹，诗亦清隽，为东坡所称。有《丹渊集》。所引词句，《全宋词》未收。

按：此诗写夕阳西下，新月初生之景，清婉动人。而明记日月，系以“可怜”二字，则知此月此夜，必有堪怜之事，相怜之人，却不说出，更耐人寻味。升庵有《鹧鸪天》一首，托名南唐后主李煜，即用此诗语入词，曰：“塘水初澄似玉容，所思常在别离中。谁怜九月初三夜，露是真珠月是弓。　深院静，小庭空，断续寒砧断续风。无奈夜长人不寐，数声和月到帘栊。”况周颐《蕙风词话》卷五极赞之。

寄明州于驸马

平阳音乐随都尉，　留滞三年在浙东。
吴越声邪无法曲，　莫教偷入管弦中。

南方歌词，不入管弦，亦无腔调，如今之弋阳腔也。盖自唐、宋已如此，谬音相传，不可诘也。东坡《赠王定国歌姬》云“好把鸾黄记宫样，莫教弦管作蛮声”，亦是此意。

【校】

此诗为白居易《寄明州于驸马使君三绝句》之二，《白香山诗集》卷三十二，其第三句作“吴越声邪无法用”，而《升庵诗话》各本皆作“法曲”。按《周礼·地官·仓人》注：“法用，法所当用也。”于义并通。

又：所引东坡诗见《集注分类东坡先生诗》卷十八，题作《次韵和王巩六首》，此其第六首中句。其“好把鸾黄记宫样”，作“勤把铅黄记宫样”。

【笺注】

〔明州于驸马〕　于驸马，指于季友。《旧唐书·于頔传》：“（頔）以第四子季友求尚主，宪宗以长女永昌公主降焉。”其后（元和中）因頔子敏杀梁正言家僮事得罪，诏令“殿中少监、驸马都尉季友追夺两任官阶，令其家循省”。其至明州，于史无征。按：此诗作于大和七年居易病免河南尹，再授太子宾客分司东都以后。先有《同诸客题于家公主旧宅》诗，收句云：“闻道至今箫史在，髭须雪白向明州。”而此三诗第一首又云：“近海饶风春足雨，白须太守闷时多。”知白须太守乃为明州刺史。清朱彝尊《曝书亭集》卷五十《唐阿育王寺常住田碑跋》云：“右唐《阿育王寺常住田碑》，秘书监正字郎万齐融撰。其初赵州刺史徐峤之书既隳于寇，明州刺史于季友于僧惠印所睹旧文，邀处士范的重书。太和七年冬事也。”检《金石萃编》卷一〇八有《育王寺碑后记》，末题“大和七年十二月一日明州刺史于季友记”之语。则诗中于明州即于季友无疑也。明州，在今浙江省宁波市奉化区东。

〔平阳音乐随都尉〕　“平阳”，指汉武帝姊平阳公主。武帝皇后卫子夫入宫前，以平阳公主家讴者得幸。后平阳寡居，子夫之弟卫青为大司马大将军，尚平阳公主。此诗以“平阳”代指永昌公主，“音乐”，连系歌讴言之。都尉，谓驸马都尉，汉武帝置，掌副马。魏晋以后，尚公主者必拜驸马都尉，遂成帝婿之专称。

〔吴越声邪〕　吴越，指古吴国、越国地，即今之江苏、浙江地区。此以“吴越声”泛指南方曲调。《世说新语·言语》：“桓玄问羊孚：‘何以共重吴声?’羊曰：‘当以其妖而浮。’”即“声邪”之意。

〔法曲〕　《乐府诗集》卷九十六“新乐府辞”有《法曲》。郭茂倩注曰：“按《法曲》起于唐，谓之法部。”又引《白居易传》曰：“《法曲》虽似失雅音，盖诸夏之声也，故历朝行焉。”此处是以指“诸夏之声”，与“吴越声”相对。

〔弋阳腔〕　起源于元末明初江西省弋阳县的一种地方戏，后来流行全国，对现代京剧的形成有较大影响。明祝枝山《猥谈》说：“南戏出于宣和之后，南渡之际，谓之温州杂剧。今遂遍满四方，辗转改益，盖已略无腔调。如余姚腔、海盐腔、弋阳腔、昆山腔之类，趁逐悠扬，杜撰百端，真胡说耳。”可知南方戏曲为当时文人所轻，非特升庵如此也。

〔东坡诗“好把鸾黄”二句〕　“鸾黄”当据《本集》作“铅黄”，妇女所用粉黛之物。“蛮声”，即南声。《文选·曹子建·朔风诗》：“凯风永至，思彼蛮方。”注引《礼记》曰：“南方曰蛮。”东坡诗意，是要她梳妆保持宫样，歌管勿学南声，亦即不要“乐不思蜀”之意。

早　梅

戎昱

一树寒梅白玉条，　迥临村路傍溪桥。
应缘近水花先发，　疑是经春雪未消。

【校】

王安石《唐百家诗选》《万首唐人绝句》所载与本书同。《全唐诗》戎昱诗中，此诗文字亦与此同，又于张谓诗中重出，其第三句“应缘近水”作“不知近水”；四句“经春”作“经冬”。

【笺注】

〔戎昱〕　戎昱，荆南人，有诗名。尝参佐颜真卿、卫伯玉幕，后为湖南辰、虔二州刺史（见《唐诗纪事》卷二十八）。

〔迥临〕　迥，远也。迥临，即遥对。

〔应缘〕　缘，因。

按：六朝（陈）诗人苏子卿《梅花诗》首四句：“中庭一树梅，寒多叶未开；只言花似雪，不悟有香来。”其意境，即戎昱此诗所本。

梅 花 坞

陆希声

冻蕊凝香雪艳新，　小山深坞伴幽人。
知君有意凌寒雪，　羞共千花一样春。

唐诗梅花诗甚少，绝句尤少，此首“冻蕊凝香”，乃“疏影”“暗香”之先鞭也。

焦评：称梅为“君”，亦犹竹为“此君”，牡丹为“花王”也。二语不但意新，亦大见骨气。

【笺注】

〔梅花坞〕　坞，山凹也。此诗不单是善状物，还暗以梅花自喻清高。

〔陆希声〕　陆希声，唐昭宗时为相，博学善属文，又工书，传有笔法。所谓“拨镫法”：擫、押、钩、格、抵五字诀，即其所传。希声尝言：昔二王皆传此法，李阳冰亦得之，尝以授沙门䛒光，䛒光亦以书名于世，见《葆光录》。《唐诗纪事》卷四十八亦记其事。

〔“疏影”“暗香”〕　宋林逋《林和靖集》卷二有《山园小梅》诗二首，其一曰：“疏影横斜水清浅，暗香浮动月黄昏。”二句为欧阳修所极赏（见《山谷题跋》卷二）。后姜夔采此句意，创制新词二阕，曰《暗香》《疏影》，皆咏梅之名作也（见

《白石道人歌曲》卷四）。

〔竹为“此君”〕　《晋书·王徽之传》：“尝寄居空宅中，便令种竹。或问其故，但啸咏指竹曰：‘何可一日无此君耶？’”称竹为“此君”，本此。

霁　雪

戎昱

风卷残云暮雪晴，　江烟洗尽柳条青。
檐前数片无人扫，　又得书窗一夜明。

暗用孙康事，妙。

【校】

《才调集》卷八载此诗，第三句“数片”作“几片”。《文苑英华》卷一百五十五所载题作《韩舍人书斋残雪》，其“残云”作“黄云”；“柳条青”作“柳枝轻”；“又得”作“更得”。韩舍人，谓韩愈也，时为中书舍人。又《万首唐人绝句》卷十七所载，首句“残云”作“长空”；二句“柳条青”作“柳条轻”。

【笺注】

〔霁雪〕　霁，晴也。

〔孙康〕　孙康，晋人。《初学记》卷二引《宋齐语》云：“孙康贫，尝映雪读书，清淡，交游不杂。”

九 日 作

王缙

莫将边地比京都，　八月严霜草已枯。
今日登高樽酒里，　不知能有菊花无？

维弟。

【笺注】

〔王缙〕　缙字夏卿，河中人，与兄维早岁即以文翰著名。安禄山之乱，选为太子少尹，与李光弼同守太原。代宗时为宰相。两《唐书》有传。大历中缙尝领幽州、卢龙节度使，此诗即其在边所作。

〔九日〕　此指九月九日，即重阳节。梁吴均《续齐谐记》曰："汝南桓景随费长房游学累年，长房谓曰：'九月九日汝家中当有灾，宜急去。令家人各作绛囊，盛茱萸以系臂。登高，饮菊花酒，此祸可除。'景如言，齐家登山。夕还，见鸡犬牛羊一时暴死。长房闻之曰：'此可代也。'今世人九日登高饮菊酒，妇人佩萸囊，盖始于此。"

按：王维有《九月九日忆山东兄弟》诗云："独在异乡为异客，每逢佳节倍思亲。遥知兄弟登高处，遍插茱萸少一人。"亦用费长房事，乃其少作，最有名。可与此诗并观。

柳

杜牧

嫩树新开翠影齐，　倚风情态被春迷。
依依故国樊川恨，　半掩村桥半拂溪。

杜牧之，樊川人，集名《樊川集》。

【校】

宋赵孟奎《分门纂类唐歌诗》残本“草木鱼虫类”卷八收此诗，首句“嫩树”作“数树”。《樊川文集》《万首唐人绝句》同。

【笺注】

〔依依〕　《诗经·小雅·采薇》：“昔我往矣，杨柳依依。”杨柳柔曼妩媚，有依倚之态，故古人多以杨柳喻依恋惜别之情。此诗盖因见春柳而思故园也。

〔樊川〕　樊川，在唐之万年县，新、旧《唐书》皆称杜牧为京兆万年人。《水经注·渭水篇》曰：“渭水又东北径渭城南，南有沉水注之，水上承皇子陂于樊川。其地即杜之樊乡也。樊乡，以樊哙所食邑得名。”宋时万年县改称樊川县，今属陕西西安市。

酬严给事玉蕊花

白乐天

嬴女偷乘凤去时，　洞中潜歇弄琼枝。
不缘啼鸟春饶舌，　青琐仙郎可得知？

此岂老妪能解者？

【笺注】

〔酬严给事玉蕊花〕　《白香山诗集》卷二十五载此诗，题作《酬严给事》，其下自注云："闻玉蕊花下有游仙绝句。"严给事，指严休复，官散骑常侍，平卢节度使，今仅存诗二首。其《玉蕊花》诗见本书卷四。给事，官名，给事中之省称，属门下省。

〔嬴女乘凤〕　此用秦穆公女弄玉事，见汉刘向《列女传》。秦萧史善吹箫，弄玉好而嫁之，从学凤鸣。居数年，吹似凤鸣，有凤来止其屋。穆公为造凤台，二人居其上，不下数年，一日皆随凤凰飞去。秦姓嬴氏，故称其为"嬴女"。

〔琼枝〕　琼枝，玉树之枝。屈原《离骚》："溘吾游此春宫兮，折琼枝以继佩。"

〔不缘啼鸟春饶舌〕　缘，因。饶舌，多嘴之意。此句言其事传闻藉藉。

〔青琐仙郎〕　指严休复。青琐本指宫门，《汉书·元后传》："曲阳侯（王）根骄奢僭上，赤墀青琐。"孟康曰："以青画户边镂中，天子制也。”颜师古曰：“孟说是。青琐者，刻为连琐文而以青涂之也。”后汉应劭《汉官仪》曰：“黄门郎日暮入，对青琐门拜。”南北朝时设门下省，置署宫门之内，故又有以青琐代指门下省者。梁范云《古意赠王中书》诗，自谓“摄官青琐闼，遥望凤凰池”。李善注引《梁书》曰：“云为通事散骑侍郎。”按门下省以侍中主之，领黄门侍郎、散骑常侍、给事中、拾遗、补阙、谏议诸官。范云为散骑郎，故自称摄官“青琐”，而与王中书之“凤池”相对（“凤池”已见卷一韩愈《王舍人雪中见寄》诗注）。严休复时为给事中，居门下省，故白居易以“青琐郎”称之。又：唐人以郎官出入宫禁，清贵显要，多称之为仙郎。

〔老妪能解〕　宋彭乘《墨客挥犀》云：“白乐天每作诗，令老妪解之，问曰：解否？妪曰能，则录之；不能，又改之。故唐末之诗，近于鄙俚也。”

旅　望

孟迟

青山历历水悠悠，　望远伤离独倚楼。
日暮风吹官渡柳，　白鸦飞出古城头。

阐幽。

此诗题又作《芜城》。或作孟简，未知孰是。

【笺注】

〔孟迟〕　孟迟，字迟之，有诗名，尤工绝句。登会昌五年进士第。见《唐诗纪事》卷五十四。

〔青山历历水悠悠〕　此用张籍《别客》诗成句。“历历”，清晰貌。《文选·古诗十九首》：“玉衡指孟冬，众星何历历。”悠悠，遥远无尽貌。《诗经·王风·黍离》：“知我者谓我心忧，不知我者谓我何求，悠悠苍天，此何人哉?”

〔望远伤离独倚楼〕　《文选·王仲宣·登楼赋》：“登兹楼以四望兮，聊暇日以销忧；览斯宇之所处兮，实显敞而寡仇。”此句暗用其意。

〔官渡柳〕　官渡，地名，在今河南省中牟县东北。古官渡水经此，故得名，一称“中牟台”。汉献帝建安五年，曹操大破袁绍于此。曹丕《柳赋序》云：“昔建安五年，上与袁绍战于官渡，时余植斯柳，自彼迄今，十有五载矣。感物伤怀，乃作斯赋。”（见《艺文类聚》卷八十九）后世多以“官渡柳”寄感怀之情。庾信《奉报寄洛州》云：“黎阳水稍渌，官渡柳应春。”

〔孟简〕　孟简，字几道，工诗有名。擢进士第，复登宏词科，穆宗朝历数州刺史，以太子宾客分司终。《唐书》有传。

按：《万首唐人绝句》《全唐诗》所收孟迟、孟简二人诗中皆无此首，遍检诸唐诗选集亦未见。其作者升庵亦未轻易肯定，注明“阐幽”二字，不知其所从出。检此诗首句，出张籍《别客》诗：“青山历历水悠悠，今日相逢明日秋。系马桥边杨柳树，为君沽酒暂淹留。”（《张司业集》卷七）《唐诗纪事》卷四十一“张萧远”下又载此诗后二句“日暮风吹官渡柳，白鸦飞出石头墙”，谓张为取作《诗人主客图》，并于句下注其题云：“《废城》句。”张萧远，和州乌江人，为张籍同胞弟。登元和八年进士第。与舒元舆声价俱美。

绝句衍义笺注卷三

馆娃宫怀古

皮日休

响屧廊中金玉步，　采香径里绮罗身。
不知水葬归何处，　溪月弯弯欲效颦。

杜牧之诗："西子下姑苏，一舸逐鸱夷。"后人遂谓范蠡载西施以去，然不见其所据。余按《墨子》云："西施之沉，其美也。"盖勾践平吴后，沉之于江也。又兼此诗可证。李义山《景阳井》一首，亦叶此意。

【校】

《万首唐人绝句》卷四十六收皮日休《馆娃宫怀古》五首，此其第五首。第二句"采香径里"作"采兰山上"，三句"归何处"作"今何处"。

【笺注】

〔皮日休〕　皮日休，字袭美，襄阳人，性傲诞，隐居鹿门山中，自号"间气布衣"。唐懿宗咸通八年擢进士第，官著作郎，转太常博士。黄巢陷长安，以为翰林学士，义军撤离长安时被杀。今存《皮子文薮》十卷。

〔馆娃宫〕　馆娃宫，春秋时吴国宫名，《文选·左思·吴都赋》："幸乎馆娃之宫。"刘渊林注曰："吴俗谓好女为娃。扬雄《方言》曰：'吴有馆娃宫。'"又宋范成大《吴郡志》云："灵岩山在平江府城西，吴王别苑在焉，有馆娃宫。"

〔响屧廊二句〕　宋洪刍《香谱》下"采香径"条引《郡国志》云："吴王阖闾起响屧廊、采香径。"采香径在今苏州市吴中区之香山。响屧廊在灵岩山上。金玉步，绮罗身，皆极言西施的娇贵。

〔效颦〕　《庄子·天运》："故西施病心而矉其里，其里之丑人见而美之，归而捧心而矉其里。其里之富人见之，坚闭门而不出；贫人见之，挈妻子而去之走。彼知矉美而不知矉之所以美。""矉"同"颦"。《经典释文》引《通俗文》云："蹙额曰矉。"蹙额则眉弯，形如新月也。

〔杜牧之诗云云〕　此杜牧《杜秋娘诗》中句。

〔姑苏〕　姑苏，山名，又作姑胥，在今江苏省苏州市。山上有台，名姑苏台，为吴王夫差所造。

〔鸱夷〕　鸱夷，盛酒的皮囊。此指范蠡。据《汉书·食货志》说：范蠡助越王勾践灭吴后，"变姓适齐，为鸱夷子皮"。唐颜师古注云："自号鸱夷者，言若盛酒之鸱夷。"又曰："鸱夷，皮之所为，故曰子皮。"

〔余按云云〕　所引《墨子》语，出《墨子·亲士》篇："是以甘井近竭，乔木近伐，灵龟近灼，神蛇近暴。是故比干之殪，其抗也；孟贲之杀，其勇也；西施之沈，其美也；吴起之裂，其事也。”《丹铅总录》卷十三有“西施”条，论吴亡之后，西施未随范蠡浮江去之事尤详，今录于下：“世传西施随范蠡去，不见所出，只因杜牧‘西子下姑苏，一舸逐鸱夷’之句而附会也。予窃疑之，未有可证以折其是非。一日读《墨子》，曰：‘吴起之裂，其功也；西施之沉，其美也。’喜曰：‘此吴亡之后，西施亦死于水，不从范蠡去之一证。’墨子去吴越之世甚近，所书得其真。然犹恐牧之别有见。后检《修文御览》，见引《吴越春秋》逸篇云：‘吴亡后，越浮西施于江，令随鸱夷以终。’乃嗟曰：‘此事正与《墨子》合，杜牧未精审，一时趁笔之过也。’盖吴既灭，即沉西施于江。浮，沉也，反言耳。随鸱夷者，子胥之谮死，西施有力焉。胥死盛以鸱夷，今沉西施，所以报子胥之忠，故云随鸱夷以终。范蠡去越，亦号鸱夷子。杜牧遂以子胥鸱夷为范蠡之鸱夷，乃影撰此事，以堕后人于疑网也。既又自笑曰：‘范蠡不幸遇杜牧，受诬千载。又何幸遇予而雪之，亦一快哉。’”升庵此论一出，对当时影响很大，陈耀文《正杨》、胡应麟《少室山房笔丛》中都有专文驳它。按：宋人姚宽《西溪丛话》也引《吴越春秋》说：“吴亡，西子被杀。”与《墨子》合。可知吴亡“西子被杀”之说为最近于古。然自杜牧之后，宋苏轼居黄州所作《水龙吟》中亦云：“五湖闻道，扁舟归去，仍携西子。”言西施随范蠡泛舟五湖。今以皮日休此诗及李商隐《景阳井》诗（见后）观之，可知早在唐时对于西施的生死就已有两说。

景阳井

李义山

景阳宫井剩堪悲，　不尽龙鸾誓死期。
惆怅吴王宫外水，　浊泥犹得葬西施。

观此，西施之沉信矣。杜牧所云“逐鸱夷”者，安知不谓沉江而殉子胥乎！“鸱革浮胥骸”，亦子胥事也。

焦评：升庵得此二诗为证。然西施有功于越不浅，亦何必深文入其罪而后已耶？旧记坡仙诗：“功成不受上将军，一舸归来笠泽云。载去西施岂无意，恐留倾国更迷君。”自有味。

【校】

《万首唐人绝句》卷四十一所载此诗三句“惆怅”作“肠断”。

【笺注】

〔景阳井〕　六朝陈时景阳宫中之井，又名胭脂井。故址在今南京市玄武湖畔。陈后主祯明三年，“隋军克台城，贵妃（张丽华）与后主俱入于井。隋军出之，晋王广（炀帝杨广）命斩贵妃，膀于青溪中桥”（见《陈书·张贵妃传》）。

后人因此又称此井为“辱井”。此诗借吊张贵妃，以斥陈后主之淫昏庸碌。

〔龙鸾〕　龙鸾，指后主与张丽华。陈亡，后主入隋为长城县公，而丽华见杀，故此悲其不得尽践当初誓同生死之期约，不如西施之从葬吴王也。

〔鸱革浮胥骸〕　吴王听信了太宰嚭的谗言，使使赐伍子胥属镂之剑，子胥告其舍人曰：“必树吾墓上以梓，令可以为器；而抉吾眼悬吴东门之上，以观越寇之入灭吴也。”乃自刎死。吴王闻之大怒，乃取子胥尸，盛以鸱夷革，浮之江中（事见《史记·伍子胥列传》）。

〔坡仙诗云云〕　此非苏轼诗，乃明人高启《三高祠三首》之一。三高者，范蠡、张翰、陆龟蒙也，见《大全集》卷十八。检《苏轼诗集》卷二十九有《戏书吴江三贤画像三首》，亦咏此三人。其范蠡一首云：“谁将射御劫吴儿，长笑申公为夏姬。却遣姑苏有麋鹿，更怜夫子得西施。”亦咏西施从范蠡事。此因二人所咏三贤相同，遂致焦氏记忆之疏也。

嘉陵江

罗邺

嘉陵南岸雨初收，　江似秋岚不煞流。
此地终朝有行客，　无人一为棹扁舟。

不煞流，不甚流也，“杀”音近厦。今京中谚犹然，谓“痴”曰“煞瓜”；“肥”曰“煞大”。宋孝宗见

《容斋随笔》云“杀有好处”，是也。

杜诗：“江平不肯流。”李端诗：“人老自多愁，水深难急流。”《滇中竹枝词》：“大河水涨慢悠悠，小河水涨似箭流。”

【笺注】

〔罗邺〕　罗邺，余杭人。父为盐铁小吏，有二子，俱以文学干进。邺尤长七言诗，以布衣终。

〔秋岚〕　岚，山雾。秋岚，秋天山上的雾霭，带苍翠之色。

〔不煞流〕　杨慎《俗言》中有“杀音厦”条，云：“白乐天《半开花》诗：‘西日凭轻照，东风莫杀吹。’自注：‘杀，去声，音厦。’俗语太甚曰杀。《容斋随笔序》：‘杀有好处。’元人传奇：‘忒风流，忒杀思。’今京师语犹然，‘大’曰‘杀大’；‘高’曰‘杀高’。此假借字，俗书作‘傻’。《平水韵》‘傻俏，不仁，一曰不慧’也。”“煞”同“杀”，甚也。

〔宋孝宗云云〕　宋洪迈作《容斋续笔》洪序曰：“在禁林日，入侍至尊寿皇圣帝清闲之燕。圣语忽云：‘近见甚斋随笔？’迈竦而对曰：‘是臣所著《容斋随笔》，无足采者。’上曰：‘噘有好议论。’”。“噘”通“煞”。

〔杜诗“江平不肯流”〕　见杜甫《陪王使君晦日泛江就黄家亭子二首》第一首。

〔李端诗“人老自多愁”二句〕　见李端《古别离》。

萤

水殿风清玉户开，　飞光千点去还来。
无风无月长门夜，　偏到阶前点绿苔。

似是萤谜，不书题可知也。

【校】

本书原误题此诗为“李义山”作。按《李义山诗集》无此诗，《万首唐人绝句》卷五十一载此为罗邺诗，《全唐诗》卷六百五十四同。今删作者名“李义山”三字，承前属之罗邺。首句“风清”，《万首唐人绝句》《全唐诗》并作“清风”。

【笺注】

〔玉户〕　户，门。玉户谓装饰华丽的门，此指宫门。《文选·司马相如·长门赋》：“挤玉户以撼金铺兮，声噌吰而似钟音。”

〔飞光千点句〕　此言萤火流动，自由出入宫禁。

〔长门〕　长门，指长门宫。汉武帝陈皇后失宠，退居长门宫，愁闷悲思，奉黄金百斤，使司马相如为解悲愁之辞。相如为作《长门赋》，因得复幸（见《汉书·司马相如传》）。此以“长门”喻幽僻的后宫。

〔似是萤谜云云〕　咏物诗，其善者托物寓意，义兼比兴。其次者，体物浏亮，陈事清明。其下者，侔色揣称，摹写形状而已，所谓谜也。升庵论诗，每举此类，如《诗话》卷十杜牧咏《鹭鸶》诗：“霜衣雪发青玉嘴，群捕鱼儿溪影中。惊飞远映碧山去，一树梨花落晚风。”评云：“分明鹭鸶谜也。”又卷十一，施宜生《含笑花》诗：“百步清香透玉肌，满堂皓齿转明眉。褰掌跛客相迎处，射雉春风得意时。”评云：“含笑花谜也。”既见其巧思，亦病其比兴无多。但此诗虽是咏萤，却为宫怨。它展现出在一个无风无月的黑夜里，独处深宫的妇女，从她眼中看到的，只是萤火虫的自由自在，穿玉户，点绿苔，而自己则由羡萤，怨萤，陷于深深的愁苦之中而无可奈何。它与杜牧和施宜生的诗，实在是有所不同的。

咏　史

钱珝

负罪将军在北朝，　秦淮芳草绿迢迢。
高台爱妾魂应断，　始拟丘迟一为招。

此咏梁将军陈伯之之事。伯之负罪，自梁奔魏。其后丘迟以书招之，有云：“江南三月，草长莺啼，杂花乱开。”又曰：“高台未倾，爱妾犹在。”诗皆用书中语。括书咏史如此，射雕手也。如胡曾、汪遵，不堪为奴仆矣。

【校】

《文选》卷四十三载丘迟《与陈伯之书》，“伯之”，本书原讹作“伯玉”，今改正。引书语与丘迟原文略异，当是升庵误记。原文为：“暮春三月，江南草长，杂花生树，群莺乱飞。”及“高台未倾，爱妾尚在”。

《才调集》卷一有钱珝《春恨三首》，此其第一首，其第三句“魂应断”作“魂销尽”；末句“一为招”作“为一招”。《万首唐人绝句》《唐诗纪事》同。又《万首唐人绝句》“始拟”作“始倚”。

【笺注】

〔钱珝〕　钱珝（音许），字瑞文，吴兴人，是大历十才子之一钱起的孙子。善文辞。唐昭宗时，以宰相王溥荐知制诰，进中书舍人。溥得罪，钱珝也被贬为抚州司马。

〔负罪将军〕　指梁将陈伯之。陈伯之初为江州刺史，梁武帝天监元年降北魏，为散骑常侍，都督淮南诸军事。天监四年，武帝萧衍命临川王萧宏率师北伐，伯之领兵相抗。当时丘迟为萧宏记室，受萧宏之命作书相招。伯之得书，即率众归梁。事见《梁书》及《南史》。

〔秦淮〕　秦淮，水名，在今南京市内。《太平御览·地部》引《舆地志》云：“秦始皇巡会稽。凿断山阜，此淮即所凿也。亦名秦淮水。”

〔迢迢〕　遥远貌。《古诗十九首》：“迢迢牵牛星，皎皎河汉女。”

〔丘迟〕　丘迟，字希范，吴兴乌程人。初仕齐，后仕梁，官至司徒从事中郎。迟擅文辞，有《丘中郎集》。

〔射雕手〕　《史记·李将军列传》："中贵人将骑数十纵，见匈奴三人，与战。三人还射，伤中贵人，杀其骑且尽。中贵人走广。广曰：'是必射雕者也。'"唐姚合选《极玄集》，自序说："此皆诗家射雕手也。"意思是说：集中入选者都是诗人中的佼佼者。升庵此用其说。

〔胡曾〕　见本书卷一胡曾《咏史》诗注。

〔汪遵〕　汪遵，宣城人，咸通七年登进士第。

咏被中绣鞋

夏侯审

云里蟾钩落凤窝，　玉郎沉醉也摩挲。
陈王当日风流减，　只向波心觅袜罗。

夏侯审为大历十才子之一，而诗集不传，惟此一绝及《织锦图》"君承皇诏安边戍"一歌而已。往年刘润之在蜀刻大历十子诗，无夏侯审集，余以二诗讯之，润之笑曰："两枚枣子，如何泡茶？"余笑曰："子诚晋人也。"

焦评：可谓绝唱。余欲以"甚"字易"减"字，似更有味。识者详之。

【校】

《全唐诗》卷二百九十五载审此诗，末句“波心”作“波间”。

【笺注】

〔夏侯审〕　夏侯审，唐德宗建中元年策试第一，仕终侍御史。晚居华山之下，讽咏颇多，然传世仅见此首而已。其列大历十才子，见《新唐书·文艺传》：“（卢）纶与吉中孚、韩翃、钱起、司空曙、崔峒、耿湋、夏侯审、李端皆能诗，齐名，号大历十才子。”大历十才子，传闻不尽相同，或言无夏侯审，王士禛《分甘余话》尝辨之。

〔蟾钩〕　蟾，蟾蜍。《淮南子·精神训》：“日中有踆乌，而月中有蟾蜍。”后因用以指月。蟾钩，谓缺月如钩也。此用以喻绣鞋。

〔摩挲〕　汉刘熙《释名·释姿容》：“摩挲，犹末杀也，手上下之言也。”即抚摩的意思。

〔陈王二句〕　曹植封陈留王，世称陈王。其所作《洛神赋》有云：“凌波微步，罗袜生尘。”此用其语。

〔君承皇诏安边戍〕　此为宋孙复所作回文诗首句，见宋桑世昌《回文类聚》卷二，题《拟织锦图》，有回文图。升庵以为夏侯审《织锦图》诗，未知何据。孙复，字明复，宋平阳人。历官秘书省校书郎，国子监直讲。终御史中丞。

〔刘润之〕　刘成德，名润之，山西蒲州人。明正德进士，官至佥都御史。升庵尝屡与唱酬。其所刻《大历十子诗》，今未见。编有《二皇甫集》七卷，又选《汉诗》七卷、《魏诗》六卷。

越 溪 怨

后朝光

越王宫里如花人，　越水溪头采白蘋。
白蘋未尽人先尽，　谁见江南春复春。

后朝光诗仅此一首，亦奇作也。

【校】

宋孔延之《会稽掇英总集》卷十三、《万首唐人绝句》卷三十六载此诗，题作者与本书同。明吴琯《盛唐诗纪》卷一百七载此诗题为冷朝光作，注云："出《玉台后集》。"《玉台后集》早佚。明曹学佺《石仓历代诗选》卷四十六、陆时雍《唐诗镜》卷二十八亦并题冷朝光作。《全唐诗》从之。丁福保本《升庵诗话》据《全唐诗》改"后"作"冷"。

【笺注】

〔后朝光〕　后朝光，生平不详。或以谓"后"乃"冷"字之误，并以其为玄宗时诗人冷朝阳之兄弟。

观 棋

段成式

闲对弈秋倾一壶，　广羊枰上几成都。

他时谒帝铜池晓，　便赌宣城太守无？

晋羊玄保云："金沟清泚，铜池摇扬，既佳光景，当得剧棋。"以棋赌，胜，为宣城太守。

【校】

本书原题此诗为温庭筠作，第一句原作"楸枰"，第二句原作"黄华坪"，第三句原作"铜池水"。今按：《四部丛刊》影钞宋本《温庭筠诗集》不载此诗。《万首唐人绝句》卷四十四载此作段成式诗，而其前即载温诗，升庵当是承前而误记。清顾嗣立注《温集》，杂采诸书编为《集外集》，列此诗于末，所据即升庵此说，而于题下注云："一作段成式诗。"《全唐诗》因之两载，非。《万首唐人绝句》所载，首句"楸枰"作"弈秋"；二句"黄华坪"作"黄羊枰"；三句"铜池水"作"铜池晓"。升庵《丹铅总录》卷十九"唐诗不厌同"条引此诗，文字与《万首唐人绝句》同。又梁武帝《围棋赋》云："枰则广羊文犀，子则白瑶玄玉。"诗即用此典。则"黄华坪"或"黄羊枰"当皆是"广羊枰"之误。今据《万首唐人绝句》及《围棋赋》改。

【笺注】

〔段成式〕　成式字柯古，唐临淄人，以父荫为校书郎，官至太常寺少卿。成式学问博洽，著有《酉阳杂俎》二十卷、《续集》十卷。其诗与温庭筠、李商隐齐名。新、旧《唐书》有传。

〔弈秋〕　传说中善弈之人，秋是其名，以其善弈，故称“弈秋”。《孟子·告子上》：“弈秋，通国之善弈者也。”

〔广羊枰〕　枰，棋盘。广羊枰，指用羚羊角之类作装饰的棋盘。

〔铜池晓〕　《汉书·宣帝纪》：“金芝产于宣行殿铜池中。”颜师古注：“铜池，承霤是也。以铜为之。”霤，音留，檐水。铜池即悬于屋檐下以承霤水之具。铜池晓，即用羊语，谓晓来风日晴好，光景甚佳之意。

〔赌宣城太守〕　《南史》卷三十六《羊玄保传》：“羊玄保，泰山南城人也。善弈棋，品第三。文帝亦好弈，与赌郡，玄保戏胜，以补宣城太守。”《宋书》卷四十五亦载此事。

〔他时〕　犹云异日，指将来。

〔晋羊玄保云云〕　据《南史·羊玄保传》载：玄保“子戎，少有才气，而轻薄少行检，语好为双声。江夏王义恭尝设斋，使戎布庆。须臾王出，以庆狭，乃自开庆。戎曰：‘官家恨狭，更广八分。’王笑曰：‘卿岂唯善双声，乃辩士也。’文帝好与玄保棋，尝中使至，玄保曰：‘今日上何召我邪？’戎曰：‘金沟清泚，铜池摇扬，既佳光景，当得剧棋。’”则此乃玄保子羊戎对其父之语。“金沟”，指宫中御沟。《文选·徐敬业·古意酬到长史溉登琅琊城诗》：“金沟朝灞浐，甬道入鸳鸾。”注引戴延之《西征记》曰：“御沟引金谷水从间阖门入。”又引《雍州图经》曰：“金谷水出蓝田县西终南山，西入灞水。”引金谷水为御沟，故称“金沟”。剧，游戏。“剧棋”犹言“玩棋”。

送棋客

陆鲁望

满目山川似弈棋，　况逢秋雁正南飞。
金门若召羊玄保，　赌取江东太守归。

【校】

此诗《唐甫里先生文集》卷十二所载，“似弈棋”作“势似棋”，“正南飞”作“正斜飞”。

【笺注】

〔送棋客〕　此诗用史事与前首同。以羊玄保之棋艺夸赞棋客，并慰其身怀绝技，他时必有所遇也。

〔山川似弈棋〕　以山川为棋枰，人则为棋子，有感慨世情的意思。

〔秋雁南飞〕　此句言送别之情。江淹《别赋》：“值秋雁兮飞日，当白露兮下时。怨复怨兮远山曲，去复去兮长河湄。”

〔金门〕　汉未央宫金马门，为宦者署，群臣待诏于此。《汉书·公孙弘传》：“天子擢弘对为第一，召见。容貌甚丽，拜为博士，待诏金马门。”又班固《西都赋》：“承明金马，著作之庭，大雅宏达，于兹为群。”金马待诏，被后世文士视为殊荣。

〔江东太守〕　即指宣城太守，宣城郡在长江东岸。

重阳阻雨

司空图

重阳阻雨独衔杯，　移得山家菊未开。
犹胜登高闲望断，　孤烟残照马嘶回。

亦得闭户静中之趣。

【校】

此诗见《司空表圣诗集》卷四、《万首唐人绝句》卷五十六，“山家”并作“家山”。

【笺注】

〔司空图〕　司空图，字表圣，泗州人，咸通中登进士第。尝官殿中侍御史、礼部郎中等职。以唐末世乱，辞官隐居中条山之王官谷中。唐昭宗及后梁多次征召，皆辞不就命，年八十终于家。司空图尝立诗有“味外味”之说（见其《与李生论诗书》《与王驾评诗书》），为严羽、王士禛诸人所宗。士禛以为“晚唐诗以表圣为冠”（见《池北偶谈》）。

〔山家〕　山居的人家。

〔“犹胜”二句〕　此因阻雨不得登高，聊以自解。登高望远，每易生愁。诗中不言怀古思亲，亦不及身世感慨，唯以孤烟残照衰飒之景，展现目前，不言愁而愁自在其中。所谓“夕阳无限好，只是近黄昏”，亦有其时代气息也。

狂　　歌

昨日流莺今日蝉，　起来又是夕阳天。
六龙飞辔长相窘，　何忍临歧更着鞭。

此戒人之嗜欲伤生者也。申包胥曰：“人生实难，有不获其死者乎？”蔡洪曰：“六龙非我马，白日非我烛。”亦是此意。

【校】

此司空图《狂题十八首》之十五，见《司空表圣诗集》卷三、《万首唐人绝句》卷五十六，末句并作“更忍乘危自着鞭”。蔡洪语出所作《化清经》，其“六龙”本作“伏龙”，见《太平御览》卷八百七十。

【笺注】

〔昨日流莺今日蝉〕　此句翻用谢灵运《登池上楼》“池塘生春草，园柳变鸣禽”句意，以言时光流逝的迅疾。黄莺春天鸣叫，其声流啭圆润，故称“流莺”，代指春天。《礼记·月令》：“孟秋之月，白露降，寒蝉鸣。”故此以蝉喻秋天。

〔夕阳天〕　喻年岁之迟暮。刘琨《重赠卢谌》：“功业未及建，夕阳忽西流。”李善注：“夕阳西流，喻将老之人也。”

〔六龙飞辔〕　六龙，传说太阳驾六龙车。《易·乾卦》：

"时乘六龙以御天也。"又《淮南子·天文训》:"爰止羲和,爰息六螭。"许慎注云:"日乘车,驾以六龙,羲和御之。"诗中以指时日流逝如飞。

〔窘〕 窘,困迫。

〔临歧〕 歧,岔路,邪道。陆机《长安有狭邪行》:"伊洛有歧路,歧路交朱轮。"李善注引《尔雅》曰:"二达谓之歧旁。"又引郭璞曰:"歧道,旁出也。"临,至,"临歧",犹言身至歧途。

〔着鞭〕 着鞭犹言加鞭。

〔此戒人之嗜欲伤身者也〕 宋罗大经《鹤林玉露》卷十四:"唐司空图诗云:'昨日流莺今日蝉'云云,戒好色自戕也。杨诚斋善谑,尝谓好色者曰:'阎罗王未曾相唤,子乃自求押到,何也?'即此诗之意。"升庵之说意同。

〔申包胥语云云〕 此语出《左传·成公二年》,原句作"人生实难,其有不获死乎",乃申公巫臣语,非申包胥之言也。升庵记误。

〔蔡洪语云云〕 蔡洪,字叔开,晋吴郡人。初仕吴,晋太康中为本州从事,举秀才。仕至松滋令。《晋书·经籍三》著录《蔡氏化清经》十卷,早佚。《太平御览》卷八百七十引《蔡氏化清论》曰:"伏龙非我马,白日非我烛。藏之默之,保此小朴。"升庵《千里面谭》亦引《化清经》云:"将飞者翼伏,将奋者足跼,将攫者爪缩,将文者且朴。伏龙非我马,白日非我烛。藏之默之,保此玄朴。"评云:"'伏龙''白日'二句,言时不待人也,千古奇句。"

听　　雨

王建

半夜思家睡里愁，　雨声落落屋檐头。
照泥星出依前黑，　淹烂庭花不肯休。

古谚云："干星照湿土，来日依旧雨。"

焦按：储光羲诗："落日烧霞明，农夫知雨止。"耿湋："向人微月在，报雨早霞生。"即谚"朝霞不出门，暮霞行千里"也。范石湖与升庵皆有以谚占雨诗。

【校】

此条语全出宋姚宽《西溪丛语》卷下，原未题作者。焦竑据《绝句衍义》编入《升庵外集》时，因其次于司空图二诗之后，遂题为司空图作，实误。升庵《丹铅总录》卷十九"谚语有文理"条有云："'干星照湿土，来日依旧雨'，王建诗用之，'照泥星出依前黑，烂熳（当作淹烂）庭花不肯休'是也。"引作王建诗。《王建诗集》载此诗，《万首唐人绝句》《全唐诗》皆作王建诗，唯《全唐诗》于此诗题下注云："一作司空图诗。"则据《升庵外集》而误也。今补题作者"王建"二字。

【笺注】

〔王建〕　王建，字仲初，颍川人，大历进士。历昭应丞、太府寺丞，尝为渭南尉，以陕州司马终。诗与元、白、张籍诸人相唱和。尝作《宫词》一百首，天下传诵。又擅乐府，与张籍并称“张王乐府”。

〔落落〕　稀疏貌。《文选·陆机·叹逝赋》曰：“亲落落而日稀。”李善注曰：“落落，稀貌。”

〔淹烂〕　淹，渍也。

〔干星照湿土，来日依旧雨〕　吴谚。见下引范石湖诗自注。

〔储光羲诗〕　储光羲，唐开元、天宝间著名诗人。句见其《晚霁中园喜赦作》。

〔耿湋诗〕　耿湋，中唐诗人，大历十才子之一。句见所作《华州客舍奉和崔端公春城晓望》诗。

〔范石湖与升庵皆有以谚占雨诗〕　范成大，字致能，所居石湖，世称“范石湖”。南宋著名诗人。有《没水铺晚晴月出，晓复大雨，上漏下湿，不堪其忧》诗，中有句云：“无端星月照湿土，依旧山川生雨云。”自注：“吴谚曰：‘星月照湿土，明朝依旧雨。’盖雨后微晴，星月灿然，必复雨，占之每验。”《升庵文集》卷二十二有《补范石湖占阴晴谚谣》：“朝霞不出市，暮霞走千里。日早雨淋脑，日晏雁晒翅。天道管难窥，农谈绰有理。星占湿土时（自注：谚云‘干星照湿土，明日依旧雨’。），月验仰瓦比（自注：谚云‘月如仰瓦，不求自下。月如弯弓，少雨多风’。）朔（音州，鸡声。）。朔鸡上笼（自注：鸡上栖主雨。），跃跃鱼秤水。（自注：鱼跳出水主水涨。）云起楼梯天（自注：谚云‘楼梯天，晒破砖’。），日没燕脂紫（自注：谚云‘日没燕脂红，无雨也有风’。）。电光分南北，阴霁在俄晷（自注：谚云‘南闪千年，北闪眼前’。）。虹为水椿儿（自注：虹主晴亦主雨，明而长者主晴，短而暗者俗呼水椿儿，主雨。），雾是山巾子（自注：谚云‘山头戴帽，平地淹灶’。）。黑猪渡斜汉（自注：夜视天河中有黑云，谓之野猪，渡天河主雨。萧冰崖诗：‘黑猪渡河天不风，苍龙御烛不敢红。’），金乌抱双珥（自注：日抱耳主雨。）。聒聒卜蛙鸣，疆疆占鹊喜。戴帽视泡文（自注：雨点有泡，谓之戴帽，主雨。），着裙看瓮底（自注：瓮下有湿痕，曰水缸穿裙，主雨。）。釜星验杂出，灯花结双蕊。昕夕恒目击，雨旸如掌指。方朔废射覆，洛闳休历纪。先哲有格言，林卧观无始。”

送红线酒

冷朝阳

采菱歌怨木兰舟，　送客魂销百尺楼。
还似宓妃乘雾去，　碧天无际水东流。

红线，薛嵩之青衣也。有剑术，夜飞入横海军解围。嵩留之，不得，会幕下诗人送之。冷朝阳此诗为冠。酒阑，托以更衣，倏忽不见。亦异哉。

【校】

红线事，出袁郊《甘泽谣》。其书为唐懿宗咸通时所作，久佚，今存《说郛》本一卷，乃自《太平广记》卷一百九十五辑出。其中所载此诗，“送客”作“送别”，“宓妃”作“洛妃”，“水东流”作“水长流”。《唐诗纪事》卷三十所载与升庵此引同。

【笺注】

〔冷朝阳〕 冷朝阳，金陵人。登大历四年进士第，为薛嵩从事。为大历才子，与钱起、李嘉祐诸人交。

〔采菱歌〕 《乐府诗集》卷五十，《江南弄》中有《采菱曲》，为采菱人所歌，皆怨怼伤离之辞。

〔木兰舟〕 梁任昉《述异记》卷下：“木兰洲在浔阳江中，多木兰树，昔吴王阖闾植木兰于此，用构宫殿也。七里洲中，有鲁般刻木兰为舟，舟至今在洲。诗家云‘木兰舟’出于此。”

〔百尺楼〕 指高楼。《三国志·魏书·陈登传》：刘备于刘表坐上与许汜论陈登。汜曰：“昔遭乱过下邳，见元龙（陈登字）。元龙无客主之意，久不相与语，自上大床卧，使客卧下床。”备曰：“君有国士之名，今天下大乱，帝主失所，望君忧国忘家，有救世之意。而君求田问舍，言无可采。是元龙所讳也，何缘当与君语？如小人，欲卧百尺楼上，卧君于地！何但上下床之间邪？”

〔还似宓妃乘雾去，碧天无际水东流〕 宓（音伏）妃，神名。《文选·司马相如·上林赋》：“若夫青琴、宓妃之徒。”注引如淳《汉书音义》曰：“宓妃，伏羲氏女，溺死洛，遂为洛水之神。”曹植《洛神赋》曰：“恨人神之道殊兮，怨盛年之莫当。抗罗袂以掩涕兮，泪流襟之浪浪。悼良会之永绝兮，哀一逝而异乡。”二句借此意表示对侠女红线的倾慕，以及留之不得的惋惜心情。

〔薛嵩〕　薛嵩，唐肃宗广德中为潞州节度使。时魏州节度使田承嗣将兴兵图潞州，红线夜入魏州取田承嗣枕边金盒而归。田惊，遂解兵修好。（此据《甘泽谣》，非史文也。）田在魏州，非入横海军也。

〔青衣〕　丫环。古时卑贱者服青衣，后遂以青衣代称侍婢。

〔倏忽〕　倏音书，突然之意。

陈武帝蚌盘

孙元晏

金翠丝簧略不舒，　蚌盘清宴意何如？
岂知三阁繁华主，　解为君王妙破除。

孙元晏有《咏史百首》，胡曾、汪遵之比也。惟此一首，差强人意。

焦评："总为战争收拾得，却教歌舞破除休。"即此意。

【校】

《万首唐人绝句》卷六十载有孙元晏《六朝咏史》诗七十五首，此其第六十四首，题作《武帝蚌盘》。

【笺注】

〔陈武帝蚌盘〕　陈武帝名霸先，陈朝开国皇帝。蚌盘，以蚌壳作为盘子。事见《陈书》卷二《高祖纪下》：“（帝）以俭素自率，常膳不过数品。私飨曲宴，皆瓦器蚌盘。肴核庶羞，裁令充足而已，不为虚费。”

〔孙元晏〕　晚唐诗人，生平事迹不详。有《咏史百首》。按元晏诗今存者唯《万首唐人绝句》所载《南朝咏史》诗七十五首，无百首。《全唐诗》同。

〔金翠丝簧略不舒〕　金翠丝簧，指用金银珠翠作装饰的各种管弦乐器。舒，张设铺陈。略不舒，即丝毫不用之意。

〔三阁繁华主〕　“三阁繁华主”指陈后主陈叔宝，历史上著名的昏庸、荒淫的亡国君主。《陈书》卷七史臣魏徵记云：后主“于光照殿前起临春、结绮、望仙三阁，阁高数丈，并数十间。其窗牖、壁带、悬楣、栏槛之类，并以沉檀香木为之。又饰以金玉，间以珠翠。外施珠帘，内有宝床、宝帐。其服玩之属，瑰奇珍丽，近古所未有。每微风暂至，香闻数里。朝日初照，光映后庭。其下积石为山，引水为池，植以奇树，杂以花药”。

〔妙破除〕　破除，犹言打破消除。这是就后主打破武帝苦心经营、克勤克俭所成就的帝业而言的。陈后主是有名的荒淫侈靡的亡国之君，用一“妙”字，深有嘲讽之意。

〔总为战争收拾得二句〕　此唐李山甫《上元怀古》诗中句，见《才调集》卷三。全诗云：“南朝天子爱风流，尽守江山不到头。总是战争收拾得，却因歌舞破除休。尧行道德终无敌，秦把金汤可自由。试问繁华何处在，雨苔烟草古城秋。”

江行西望寄友

韦庄

西望长安白日遥，　半年无事驻兰桡。
欲将张翰松江雨，　画作屏风寄鲍昭。

韵致。用事新奇可爱。

鲍照，唐人避武后讳，改曰“昭”。

【校】

此诗见韦庄《浣花集》卷六，题“江行西望”下无“友人”二字，三句“松江”作“秋江”。

【笺注】

〔江行西望寄友〕　此行次长江下游时作。韦庄以避乱出京，复作此诗寄长安旧友，欲令其引退归隐。张翰尝谓其同郡友人顾荣曰：“天下纷纷，祸难未已。夫有四海之名者，求退良难。吾本山林间人，无望于时。子善以明防前，以智虑后。”荣执其手，怆然曰：“吾亦与子采南山蕨，饮三江水耳。”诗中用张翰事即此意。

〔韦庄〕　庄字端己，杜陵人，玄宗时宰相韦见素之后。应举时，遇黄巢破长安，著《秦妇吟》，时人号“《秦妇吟》秀才”。以中原多故，往依王建，为掌书记。建立后蜀，以庄为相。尝集文士、诗人一百五十人，得诗三百章，编成《又玄集》，今存。著有《浣花集》。

〔驻兰桡〕　驻，滞留。兰，指木兰，树名。桡，即船桨。《楚辞·九歌·湘君》："承荃桡兮兰旌。"注："桡，小楫也。"刘禹锡《竹枝词》有"江头蜀客驻兰桡"之句。

〔张翰〕　张翰，字季鹰，晋吴郡吴人，有清才，善属文，而纵任不拘，时人号为"江东步兵"。齐王司马冏辟为大司马东曹掾，翰因见秋风起，乃思吴中菰菜莼羹、鲈鱼脍。曰："人生贵得适志，何能羁宦数千里以要名爵乎？"遂命驾而归。俄而冏败，人皆谓之见机（见《晋书·文苑·张翰传》）。

〔松江〕　松江，即吴淞江，又称笠泽，太湖三江之一。

〔鲍照〕　照，字明远，东海人，文辞赡逸，尝为古乐府，以文甚遒丽称名于世。刘宋文帝时为中书舍人，后为临海王刘子顼掌书记。子顼败，照为乱兵所杀。韦庄举照以为友人之戒也。

〔避武后讳云云〕　武后，指武则天，名曌。"曌"字为则天自造之"照"字，故唐讳"照"为"昭"。宋张淏《云谷杂纪》卷二："字有因讳易以他音，而寻复从元称，亦有终不能易者。……鲍昭本名照，避武后讳，唐人书之去火，只用昭字。后遂以鲍昭、鲍照为二人。"

古别离

晴烟漠漠柳毵毵，　不那离情酒半酣。
遥把玉鞭云外指，　断肠春色在江南。

韦端已送别诗多佳，经诸家选者不载。

焦评：张文潜喜颂唐人诗："亭亭画舸系春潭，只待行人酒半酣。不管烟波与风雨，载将离恨过江南。"声调与此诗相类。

【校】

韦庄《浣花集》卷一载此诗，"毵毵"作"鬖鬖"，"遥把玉鞭"作"更把马鞭"。《万首唐人绝句》卷六十二、《乐府诗集》卷七十二所载同。

【笺注】

〔古别离〕　《古别离》，乐府诗题。《乐府诗集》卷七十一"杂曲歌辞"中有《古别离》，郭茂倩注曰："《楚辞》曰：'悲莫悲兮生别离。'《古诗》曰：'行行重行行，与君生别离。相去万余里，各在天一涯。'后苏武使匈奴，李陵与之诗曰：'良时不可再，离别在须臾。'故后人拟之为《古别离》。"

〔晴烟漠漠柳毵毵〕　漠漠，广阔无际之貌。毵，音山。毵毵，枝叶细长貌。此句先言春色之美，春意之浓，以衬托下面离情别绪。江淹《别赋》："春草碧色，春水绿波，送君南浦，伤如之何！"即此意。

〔不那〕　不那，犹言无奈。

〔遥把玉鞭云外指〕　玉鞭，即马鞭。遥指云外，言其行程之远。

〔张文潜喜颂（诵）唐人诗云云〕　张耒，字文潜，苏门四学士之一，有《张右史集》。其喜颂（诵）唐人诗事，疑焦竑记忆有误。《苕溪渔隐丛话》后集卷三十五引《复斋漫录》云："'亭亭画舸系春潭'云云，张文潜诗也，王平甫尝爱而诵之。"则诵诗者乃王平甫也。然此诗亦非文潜之作，宋宁宗时何汶作《竹庄诗话》，以此为郑文宝《柳词》。《宋诗纪事》亦载作郑文宝诗，小传云："文宝，字仲贤，宁化人，仕南唐校书郎。宋太平兴国八年举进士，历官陕西转运使、兵部员外郎。"乃唐宋间人也。

冬日送客

僧皎然

平明走马上村桥，　花落梅溪雪未消。
日短天寒愁送客，　楚山无限路迢迢。

无酸馅气，佳甚。

【校】

《万首唐人绝句》卷六十三所此，题作《冬夜送人》，文同。皎然《昼上人集》卷四载此，题作《冬日梅溪送裴方舟之宣州》，"走马"作"匹马"，"花落"作"花发"，"路迢迢"作"路遥遥"。

【笺注】

〔皎然〕　僧皎然，字清昼，吴兴人，俗姓谢，灵运十世孙，居杼山。颜真卿为刺史，集文士撰《韵海》，皎然参与其论著。贞元中，集贤院取其集藏之，于頔为之作序。著有《诗式》行于世。见《唐诗纪事》卷七十二。

〔平明〕　天正明时。《史记·留侯世家》：“平明，与我会此。”

〔梅溪〕　水名，在今浙江省安吉县境。

〔楚山〕　泛指楚地的山。

〔酸馅气〕　酸馅气，指陈腐、落俗，多用以言僧人诗。宋叶梦得《石林诗话》曰：“近世僧学诗者极多，然皆无超然自得之气，往往反拾掇模仿士大夫所残弃。又自作一种僧体，格律尤凡俗，世谓之酸馅气。子瞻有《赠惠通》诗云：‘语带烟霞从古少，气含蔬笋到公无。’尝语人曰：‘颇解蔬笋语否？为无酸馅气也。’闻者莫不皆笑。”

行次汉上

僧无本

习家池沼草萋萋，　岚树光中信马蹄。
汉主庙前襄水碧，　一声风角夕阳低。

【校】

此诗首句“池沼”原作“池碧”，据《才调集》卷九、《万首唐人绝句》卷六十四改。三句“襄水”原作“湘水”，各本所载此诗亦皆作“湘水”。然据《水经注·沔水》“又东过襄阳县北”注，襄水原名檀溪，即刘备乘的卢马所跃之溪。其水西去襄阳城里许，北注于沔。复引应劭注曰："城在襄水之阳，故曰襄阳，是水当即襄水也。"而"湘水"自在湖南衡阳，与襄阳无涉。且此诗题作《行次汉上》，汉即沔水也。今又称汉水襄阳以下曰"襄水"。故知此处"湘水"必"襄水"之讹，今因是改正之。元杨士弘《唐音》卷十四载此诗即已疑之云："习家池，在襄阳……然湘水不经襄阳，未必可也。"

【笺注】

〔行次汉上〕　次，止也，止宿。汉上，汉水之上。

〔僧无本〕　无本，贾岛初为僧，有此名。韩愈为河南尹，有《送无本师归范阳》诗，见《昌黎先生文集》卷五。然此诗《才调集》卷九、《万首唐人绝句》卷六十四皆题僧无本，不入贾岛诗。按：贾岛为僧不过数年，且方当年少，其足迹不致及于汉南也。疑此无本，别是一人。郑谷《郑守愚文集》卷一有《题无本上人小斋》诗云："寒寺唯应我访师，人稀境静雪销迟。竹西落照侵窗好，堪惜归时落照时。"又有《别修觉寺无本上人》诗。据《方舆胜览》卷五十二《崇庆府》所记，"修觉寺，在新津县南五里"。郑谷广明元年避乱蜀中，二诗当作于此时，则此无本乃唐末蜀僧也。今《全唐诗》径录此诗入贾岛名下，而失无本之名，当补。

〔习家池沼〕　晋山涛少子简，字季伦，永嘉中出为征南将军，都督荆、襄、交、广四州诸军事，假节镇襄阳。于时四方寇乱，天下分崩，王威不震，朝野危惧。简优游卒岁，唯酒是耽。诸习氏，荆土豪族，有佳园池，简每出嬉游，多之池上，置酒辄醉，名之曰"高阳池"。时有童儿歌曰："山公出何许？往至高阳池。日夕倒载归，酩酊无所知。时时能骑马，倒着白接篱。举鞭问葛强，何如并州儿？”（见《晋书·山涛传》）《世说新语·任诞篇》刘孝标注引《襄阳记》曰：“汉侍中习郁于岘山南，依范蠡养鱼法作鱼池。池边有高堤种竹及长楸，芙蓉、菱芡覆水，是游燕名处也。”

〔草萋萋〕　萋萋，草茂盛貌。淮南小山《招隐士》：“芳草生兮萋萋。”

〔汉主庙前襄水碧〕　《水经注》卷二十八述“沔水”流经襄阳一段曰：“汉元帝以长沙卑湿，分白水、上唐二乡为春陵县。光武即帝位，改为章陵县，置园庙焉。”又云：“沔水又东南径蔡洲，洲东岸有洄湖，停水数十亩，长数里，广减百步，水色常绿。”沔音免，汉水古称，亦即此诗所称之襄水也。

〔风角〕　一种古代乐器，似长号，鸣声呜呜然，高亢而凄厉。多用作军乐，早晚鸣之以警士气。

题兰江言上人院

僧贯休

只是危吟坐翠屏，　门前歧路自崩腾。
青云名士时相访，　茶煮西峰瀑布冰。

清绝。

结句清妙，取之。

【校】

贯休《禅月集》卷二十一载《题兰江言上人院》诗二首，此是第二首。有自注云：“时王蔼先辈有诗二首题其院，因和题之。”其首句“翠屏”作“翠层”。《万首唐人绝句》卷六十四所载，三句“相访”作“相问”。

【笺注】

〔兰江〕　宋王象之《舆地纪胜》载：“兰溪泉，陆羽《茶经》以为天下第三泉。”“兰江”，即谓兰溪泉也，在浙江兰溪市境。诗言汲山泉煮茶，疑当指此。

〔贯休〕　宋陶岳《五代史补》载：“僧贯休，婺州兰溪人，有逸才，长于歌诗。尝游荆南，时成汭为荆南节度使。生日，有献歌诗颂德者，仅百余人，而贯休在焉。汭不能亲览，命幕吏郑淮定其高下。淮害其能，辄以贯休为第三。贯休怒曰：‘藻鉴如此，其能久乎？’遂入蜀。及至，值王建称藩，因献之诗曰：‘一瓶一钵垂垂老，千水千山得得来。’建大悦，遽加礼待。洎僭大号，以为国师，赐号曰‘禅月’。”有《禅月集》三十卷，今存二十五卷。

〔危吟〕　危，高。危吟，意即高声朗诵。

〔歧路〕　《列子·说符》：“杨朱之邻人亡羊，既率其党，又谓杨子之竖追之。杨子曰：‘嘻，亡一羊何追之者众？’邻人曰：‘多歧！’既返，问：‘获羊乎？’曰：‘亡之矣！歧路之中又有歧路焉，吾不知所之，是以返也。’”此处是指世俗的人们为纷乱的世事而迷惘，茫然不知所往。

〔崩腾〕　纷乱杂沓之貌。《文选·谢灵运·述祖德》："崩腾永嘉末，逼迫太元始。"

〔青云名士〕　青云名士，指世上显达之士。《史记·伯夷列传》："闾巷之人，欲砥行立名者，非附青云之士，恶能施于后世哉。"

〔瀑布冰〕　言泉水清冽，莹澈如冰。煮茶饮之，可以清人奔竞之心也。

湘妃庙

仙女

碧杜红蘅缥缈香，　冰丝弹月弄新凉。
峰峦到晓浑相似，　九处堪疑九断肠。

此诗出尘绝俗，信非食烟火人语也。

【校】

升庵此诗录自宋许颉《彦周诗话》，"到晓"作"向晓"。《万首唐人绝句》卷六十六录"湘妃庙女子"诗四首，此其二文字多异。其二句"冰丝"作"水丝"，"弄新"作"梦清"，三句作"峰峦一一俱相似"，末句"九断肠"作"百断肠"。

【笺注】

〔湘妃庙〕　湘妃庙在湘阴县洞庭湖入江处。《水经注》卷三十八"湘水"注云："世谓之黄陵庙也。言大舜之陟方（巡狩）也，二妃从征，溺于湘江。神游洞庭之渊，出入潇湘之浦，故民为立祠于水侧焉。荆州牧刘表刊石立碑树之于庙，以旌不朽之传矣。”《彦周诗话》：“有客泊湘妃庙前，夜半偶不寐，见舆卫入庙中，置酒鼓琴。心悸不敢窥。殆明方散，隐隐绝水浮空去。因入庙中，见诗四句，墨色犹未干。云：‘碧杜红蘅缥缈香，冰丝弹月弄新凉。峰峦向晓浑相似。九处堪疑九断肠。’神怪不足言，但诗殊佳，故录之。”

〔杜衡〕　杜衡，香草名，又名杜葵、马蹄香，似葵，其根入药。

〔缥缈〕　隐隐约约，若有若无。

〔冰丝〕　冰丝，冰蚕丝，传说中以为稀世之宝。此处用以喻乐器丝弦之精美。

〔峰峦到晓浑相似，九处堪疑九断肠〕　《艺文类聚》卷七“九疑山”条引《山海经》曰：“南方苍梧之丘，苍梧之川，其中有九疑山焉，舜之所葬，在长沙零陵界。”《水经注》卷三十八“湘水”：“蟠基苍梧之野，峰秀数郡之间，罗岩九举，各导一溪，岫壑负阻，异岭同势，游者疑焉，故曰九疑山。”山在今湖南宁远县南。

〔非食烟火人语〕　宋阮阅《诗话总龟》卷九引《王直方诗话》载：“文潜（张耒）先与李公择辈来余家，作长句。后再同东坡来。东坡读其诗，叹息云：‘此不是吃烟火食人道底言语。’”谓其超凡脱俗、意境高妙也。

绝句衍义笺注卷四

宿杭州虚白堂

李郢

秋月斜明虚白堂，　寒蛩唧唧树苍苍。
江风彻晓不得寐，　二十五声秋点长。

《唐语林》盛称此诗。

【校】

《唐语林》卷二录此诗，“秋月”作“缺月”，“彻晓不得寐”作“彻曙不得睡”。刘崇远《金华子杂编》所载文同《唐语林》。《万首唐人绝句》卷六十九所载与本书同，惟三句“寐”作“睡”。

【笺注】

〔虚白堂〕　白居易为杭州刺史时，作有《虚白堂》诗，曰：“虚白堂前衙退后，更无一事到中心。移床就日檐间卧，卧咏闲诗侧枕琴。”可知“虚白堂”仅州衙中闲堂而已。

〔寒蛩唧唧树苍苍〕　蛩即蟋蟀。崔豹《古今注》卷中“鱼虫第五”：“蟋蟀，一名吟蛩，秋初生，得寒乃鸣。”“唧唧”，象声词，此作蟋蟀鸣声。“苍苍”，枯老貌。《诗·秦风·蒹葭》：“蒹葭苍苍，白露为霜。”

〔二十五声秋点长〕 二十五声，指夜漏更鼓声。每更五点，一夜五更共二十五点。《颜氏家训·书证》：“汉魏以来，谓为甲夜、乙夜、丙夜、丁夜、戊夜；又云一鼓、二鼓、三鼓、四鼓、五鼓；亦云一更、二更、三更、四更、五更。皆以五为节。”《升庵外集》卷九“漏点”条亦辩之。此句言通宵难寐，因而漏点历历尽闻。

〔《唐语林》盛称此诗〕 《唐语林》载此诗，未加议论。而《唐诗纪事》卷五十八云：“郢有诗云‘江风彻曙不成睡，二十五声秋点长’，最为警绝。刘崇远载于《金华子》。”则盛称此诗者乃《唐诗纪事》，而非《唐语林》也。

晦日呈诸判官

韩滉

晦日新晴春意饶， 万家攀折度长桥。
年年老向江城寺， 不觉东风换柳条。

唐人以正月三十日为晦日，君臣宴饮，应制赋诗。此诗在池州作也。滉又有《病中遣妓》一首，见《三体》，姓名误作司空图。图，王屋山隐士，岂有妓可遣乎？

【校】

《岁时杂咏》卷九载此诗，首句“春意饶”作“春日娇”，次句“度”作“渡”。《万首唐人绝句》卷六十八同。《唐诗纪事》卷二十四所载，四句“东风”作“春风”。

【笺注】

〔韩滉〕　韩滉，字太冲，代宗时，为镇海军节度使。德宗贞元初，加同平章事、江淮转运使。二年，封晋国公。滉能诗，善书画，幕中皆能文之士。滉久镇江南，此诗即贞元间之作。

〔江城寺〕　当指池州林泉寺，杜牧有《池州废林泉寺》《游池州林泉寺金碧洞》等诗。寺在溪上，所谓“废寺碧溪上”“潺湲声断满溪水”，可知游寺当渡溪桥也。

〔三体〕　《三体唐诗》六卷，宋周弼选，元僧圆至注，今存，又称《碛砂唐诗》。其卷一载《病中遣妓》诗云：“万事伤心对管弦，一身含泪向春烟。黄金用尽教歌舞，留与他人乐少年。”所题作者为司空曙，非司空图。诗末注云：“此诗《文苑》为韩滉作。”升庵误记为“司空曙”为“司空图”，乃有“隐士”之议也。按：此诗《才调集》卷四所载题同《三体唐诗》，《万首唐人绝句》卷二十八所载题作《病中嫁女妓》，并以为司空曙作。惟《文苑英华》卷二百十三题作《听乐怅然自述》，以为韩滉作。

中秋月

成文干

王母妆成镜未收，　倚阑人在水精楼。
笙歌莫占清光尽，　留与溪翁下钓舟。

此厌繁华而乐清静之意。郑谷《春草》诗："香轮莫辗青青破，留与游人一醉眠。"亦此意也。

【校】

此诗见《万首唐人绝句》卷七十二，"下钓舟"作"一钓舟"。郑谷《春草》诗，《才调集》卷五、《唐诗纪事》卷七十、《万首唐人绝句》卷七十二并题作《曲江春草》，其末句"游人"并作"愁人"。

【笺注】

〔成文干〕　成彦雄，字文干，南唐进士。晁公武《郡斋读书志》著录有《梅岭集》五卷，今佚。《全唐诗》存其诗五、七言绝句二十余首。

〔镜未收〕　指月挂中天。

〔倚阑人在水精楼〕　水精，即水晶。水精楼，指陈设富丽，轩敞明亮的楼阁。此繁华境，与下二句清寂之境相对。

〔清光〕　即月光。

〔郑谷《春草》诗云云〕　郑谷，字守愚，袁州人。光启三年擢进士第，官右拾遗。乾宁中为都官郎中，卒于家。今录所引《曲江春草》于下："花落江堤簇晓烟，雨余江色远相连。香轮莫辗青青破，留与愁人一醉眠。"香轮，指春游士女所乘车辆之轮。

乐府杂词

刘言史

蝉翼红冠粉黛轻，　云和新教羽衣成。
月光如雪金阶上，　迸却玻璃义甲声。

义甲，妓女弹筝护甲也。替指，或以银，或以玻璃。杜诗“银甲弹筝卸”是也。其曰“义甲”者，甲外有甲曰“义”。如假髻曰“义髻”，乐有“义嘴笛”，衣服有“义襕”，皆外也。

项羽目所立楚王为义帝，以义男义女视之，其无道而猾贼甚矣。“身死东城”，讵非兆于此乎？

焦按：《容斋随笔》有义髻、义领、义襕，甚奇。东坡群众酒合之，名义樽。又有义墨。李济翁云：“系爪起李汧公，名司徒甲。”当是未睹诸人语耳。

【校】

所引杜诗“银甲弹筝卸”句，杜甫《陪郑广文游何将军山林》诗中作“银甲弹筝用”。李商隐《无题》诗中有“十二学弹筝，银甲不曾卸”之句，疑升庵误记一字。

【笺注】

〔刘言史〕　刘言史，德宗贞元间人，曾与孟郊友善。冀州刺史王武俊举以为枣强令，不就。李夷简节度汉南，尊礼备至，卒葬襄阳。皮日休有《刘枣强碑》，见《皮子文薮》卷四。《万首唐人绝句》卷七十五载其《乐府杂词》三首，此其第二首。

〔蝉翼红冠〕　蝉翼，谓薄而轻也。屈原《卜居》："蝉翼为重，千钧为轻。"蝉翼红冠，此指蝉鬓。

〔云和〕　云和，山名。《周礼·大司乐》："云和之琴瑟。"注："云和，山名。"后世乐器多用以为名。此处系泛指乐曲。

〔羽衣〕　舞曲调名，即《霓裳羽衣曲》。《乐府诗集》卷五十六"歌舞曲辞"有王建《霓裳辞十首》。郭茂倩注云："一曰《霓裳羽衣曲》。"又引《乐苑》曰："《霓裳羽衣曲》，开元中西凉府节度杨敬述进。白居易曰：'《霓裳》，法曲也。其曲十二遍，起于开元，盛于天宝。'"

〔迸却〕　迸，音崩，迸裂之意。这是形容筝声繁密高亢激越，仿佛弹者所戴的玻璃义甲，也将迸裂。

〔假髻曰"义髻"〕　《新唐书·五行志》："杨贵妃常以假髻为首饰，而好服黄裙，近服妖也。时人为之语曰：'义髻抛河里，黄裙逐水流。'"

〔义嘴笛〕　《旧唐书·音乐志》："篪，吹孔有觜如小枣。横笛，小篪也。今横笛皆去觜，其加觜者，曰义觜笛。""觜"，嘴的本字。

〔义襕〕　衣裙相连曰襕，义襕，穿在外面的长外套。

〔项羽目所立楚王为义帝云云〕　项羽初起，立楚怀王孙心为楚王。后项羽入咸阳，徙都彭城，自号"西楚霸王"。尊所立楚王为义帝，其后又使人杀之于江中。《史记·项羽本纪》太史公赞曰："及羽背关怀楚，放逐义帝而自立，怨王侯叛己，难矣！自矜功伐，奋其私智而不师古，谓霸王之业，欲以力征经营天下。五年卒亡其国，身死东城，尚不觉寤，而不自责。过矣！乃引‘天亡我，非用兵之罪也’，岂不谬哉!”义帝之“义”，本众所尊戴之义，故司马迁以项羽弑义帝为头条罪状，以其犯众怒之故也。升庵于此，谓项羽视义帝为“假帝”也。猾，狡猾；贼，残忍。讵，岂也。

〔焦引《容斋随笔》云云〕 见《容斋随笔》卷八“人物以义为名”条。文云：“人物以义为名者，其别最多。仗正道曰义，义师、义战是也。众所尊戴者曰义，义帝是也。与众共之曰义，义仓、义社、义田、义学、义役、义井之类是也。至行过人曰义，义士、义侠、义姑、义夫、义妇之类是也。自外入而非正者曰义，义父、义儿、义兄弟、义服之类是也。衣裳器物亦然。在首曰义髻，在衣曰义襕、义领，合中小合子曰义子之类是也。合众物为之，则有义浆、义墨、义酒。禽畜之贤，则有义犬、义乌、义鹰、义鹘。”升庵此条实出此，今录以备参。升庵《丹铅总录》卷十二“义帝”条亦据之为说：“《乐器图》有义嘴笛，谓笛上别安嘴也。《深衣图》有义襕，谓衣外别安襕也。唐人称假髻曰义髻。又，妓女弹筝银甲曰义甲。项羽立楚王孙心为帝，以从民望。不曰楚帝而曰义帝，犹义父、义子之称，其放弑之谋，不待如约之言而后萌矣。”

〔东坡群众酒合之，为义樽。又有义墨〕 旧题苏轼《仇池笔记》：“元祐中，驸马都尉王晋卿置墨十数品，杂研之，作数十字以观色之浅深。若果佳，当捣和之为一品。昔在黄州，邻近四五州送酒，合置一器，谓之雪堂义酒。今又为雪堂义墨耶?”

〔李济翁云〕　李匡乂《资暇集》：“今弹琴或削竹为甲，以助食指之声者，亦因汧公也。……名声既崇，人争仿效，好事者且曰‘司徒甲’。”济翁，匡乂字也。李勉，唐德宗朝宰相，善鼓琴。代宗时勉曾任工部尚书，封汧国公，故称司徒也。“系爪”，即指戴义甲。陈后主《听筝》：“促柱点唇莺欲语，调弦系爪雁相连。”

惆怅词

王涣

梦里分明入汉宫，　觉来灯背锦屏空。
紫台月落关山晓，　肠断君王信画工。

【校】

“王涣”，本书原题“王之涣”。按：王涣《惆怅词》十二首，见《才调集》卷七、《万首唐人绝句》卷八，二书并题为王之涣诗。考其诗中有咏“崔莺莺”“霍小玉”之作，王之涣，天宝间人，何得言此？明其作者非王之涣无疑。《唐诗纪事》卷六十六载作王涣诗，是。今据改。《才调集》复于卷八重出此诗，题“朱庆余”作，误。末句“君王”，诸书并作“君恩”。

【笺注】

〔惆怅词〕　此首为《惆怅词》第十二首，咏昭君。王涣，字群吉，太原人。昭宗大顺二年侍郎裴贽下登进士第，景福元年授祕书省校书郎，历官至考功员外郎。光化三年，授考功郎中、兼御史中丞，清海军节度掌书记。

〔觉来〕　觉，醒也。

〔紫台月落关山晓〕　此句本于江淹《恨赋》：“若夫明妃去时，仰天太息；紫台稍远，关山无极。”李善注曰：“紫台，犹紫宫也。”此指帝宫。关山，边塞关隘之山。《木兰辞》：“万里赴戎机，关山度若飞。朔气传金柝，寒光照铁衣。”

〔肠断君王信画工〕　《乐府诗集》卷二十九《明妃辞》注引《西京杂记》云：“元帝后宫既多，不得常见，乃使画工图其形，按图召幸。宫人皆赂画工，多者十万，少者亦不减五万。昭君自恃容貌，独不肯与。工人乃丑图之，遂不得见。后匈奴入朝，求美人为阏氏。帝按图以昭君行，及去召见，貌为后宫第一，善应对，举止闲雅。帝悔之，而名籍已定，方重信于外国，故不复更人。”

又

李夫人病已经秋，　武帝来看不举头。
修嫮秾华消歇尽，　玉墀罗袂一生愁。

汉武帝《思李夫人赋》曰：“美连娟以修嫮兮，命剿绝而不长。”《西京杂记》武帝《落叶哀蝉曲》云：“罗袂兮无声，玉墀兮尘生。”亦思李夫人所作也。剪裁之妙，可谓佳绝。旧本“德所秾华”，误谬不通，刘珥江见元人刻本，定为“修嫮”字，诚一快也！余又见陈子高演此诗为《太平时》填词，易旧句“楚魂湘血”为“玉墀罗袂”，始为全美，今从之。

【校】

此诗次句，《才调集》《万首唐人绝句》《唐诗纪事》皆作“汉武看来不举头”。三句，以上三书皆作“得所秾华”。此谓其托身得所，方蒙恩幸之时，一旦如桃李秾华，消歇零落，意自可通。元人改“得所”二字为“修嫮”，未必可信，今依升庵意存之。而升庵谓旧本作“德所秾华”，乃误本也。末句诸书并作“楚魂湘血”，无作“玉墀罗袂”者。

【笺注】

〔李夫人〕　此首为《惆怅词》第二首，咏汉武帝李夫人。夫人，李延年之妹，本娼女，后为汉武帝宠妃，因病早卒。武帝思之不已，作《思李夫人赋》以伤悼之（见《汉书·外戚传》）。

〔武帝来看不举头〕　《汉书》卷六十七上《外戚传》载：“李夫人病笃，上（武帝）自临候之，李夫人蒙被谢曰：‘妾久寝病，形貌毁坏，不可以见帝，愿以王（李夫人子封昌邑王）及兄弟为托。’上曰：‘夫人病甚，殆将不起，一见我属托王及兄弟，岂不快哉？’”夫人仍拒不见。其后，人问其原因，夫人曰：“所以不欲见帝者，乃欲以深托兄弟也。我以容貌之好，得从微贱爱幸于上。夫以色事人者，色衰而爱弛，爱弛则恩绝，上所以挛挛顾念我者，乃以平生容貌也。今见我毁坏，颜色非故，必畏恶吐弃我，意尚肯复追思闵录其兄弟哉？”

〔修嫮秾华消歇尽〕 此句即所引《思李夫人赋》句意。赋载《汉书·外戚传》。嫮音互，美也。修嫮，修洁美好貌。秾华，花木繁盛稠多貌。《诗经·召南·何彼秾矣》："何彼秾矣，华如桃李。"消歇，消失之意。《文选·鲍照·行药至城东桥》："容华坐消歇，端为谁苦辛？"

〔玉墀罗袂一生愁〕 此句亦本于所引《落叶哀蝉曲》句。谓物是而人非，见景而伤情也。

〔连娟〕 连娟，纤弱文静貌。

〔剿绝〕 剿绝，犹言断绝。

〔武帝《落叶哀蝉曲》〕此曲不见于《西京杂记》，晋王嘉《拾遗记》卷五记云："汉武帝思怀往者李夫人，不可复得。时始穿昆灵之池，泛翔禽之舟。帝自造歌曲，使女伶歌之。时日已西倾，凉风激水，女伶歌声甚遒，因赋《落叶哀蝉》之曲曰'罗袂兮无声，玉墀兮尘生'云云。"升庵或误记出处也。

〔刘珥江〕 即刘大昌，成都双流人。嘉靖戊子乡荐，不乐仕进，日惟诗赋自娱，与升庵相倡和。升庵著作多由其订正。

〔陈子高云云〕 陈子高，名克，临海人。生当宋徽宗时，自号赤城居士。有《赤城词》一卷，今已佚。今存词五十一首，中无作《太平时》者。

又

谢家池馆花笼月，　萧寺房栊竹飐风。
半夜酒醒凭槛立，　所思多在别离中。

余旧有集句云："所思多在别离中，水远山长处处同。春色恼人眠不得，错教人恨五更风。"大为禹山、池南所赏，漫附此。

【笺注】

〔谢家〕　此首为王涣《惆怅词》第三首，咏东晋谢家。东晋南朝，最重王谢二家，谢家又有谢道韫这样的才女，故唐人诗中，每以谢家代指名门的妻族。

〔萧寺〕　《杜阳杂编》："梁武帝好佛，造浮屠，命萧子云飞白大书曰：萧寺。"后世文人每用以指游乐闲散之地。飐，音展，受风摇动也。前两句是回忆昔时与所思者欢聚流连的情景。

〔集句〕　四句中，除首句取自本诗外，其第二句取自宋人晏殊《寓意》；第三句为王安石《春夜》；第四句为王建《宫词》。禹山，指张含；池南，指唐锜，皆升庵南中友人，注见前。

春　草

张　旭

春草青青万里余，　边城落日见离居。
情知海上三年别，　不寄云间一纸书。

张旭以草书名，其诗亦妙如此。真迹藏江南人家。

【校】

宋岳珂《宝真斋法书赞》卷五载有内府藏本张旭《春草》诗帖，并记其题跋印鉴甚详。所载“万里”作“千里”，“一纸书”作“一雁书”。明顾元庆《夷白堂诗话》引此诗，其第二句作“边城日落动寒墟”。

【笺注】

〔春草〕　此诗见春草而思远人，用刘安《招隐士》：“王孙游兮不归，春草生兮萋萋”之意（见《文选》卷三十三）。

〔张旭〕　张旭，字伯高，苏州吴人，嗜酒，以草书称名于世。杜甫《饮中八仙歌》云：“张旭三杯草圣传，脱帽露顶王公前，挥毫落纸入云烟。”开元中官左率府长史。《全唐诗》存其诗六首。

〔海上〕　暗用苏武牧羊北海上事。此以海上指边外。

〔不寄云间一纸书〕　古有鱼雁传书之典。此以雁行空中，故曰“云间书”。

桃花矶

隐隐飞桥隔野烟，　石矶西畔问渔船。
桃花尽日随流水，　洞在清溪何处边。

【校】

按：此首及下《山行留客》《春游值雨》三诗，并见《万首唐人绝句》卷七十二，题作张旭诗。然三诗皆见于蔡襄《端明集》卷七，分别题作《度南涧》《入天竺山留客》及《十二日晚》。清阎若璩《潜邱札记》卷六《与赵秋谷书》云："南北盛传阮亭先生《唐贤三昧集》，专以盛唐为宗，某亦购而熟读。其盛唐宜收而不收，及非盛唐如张旭四绝句，本属蔡忠惠者，亦误收。"阎氏为考据大家，说或可信。然《唐贤三昧集》所载张旭四诗，除《春草》《桃花矶》《山行留客》三首外，另有《柳》诗一首，云："濯濯烟条拂地垂，城边楼畔结春思。请君细看风流意，未减灵和殿里时。"该诗明汪砢《珊瑚网》卷二录作张旭诗，并有汪冈识语，记其所钤印章甚详。则此诗并岳珂所录《春草》诗帖，皆未可轻定其非张旭诗，今并记于此，存疑可也。

【笺注】

〔桃花矶〕　矶，溪边石。晋陶渊明《桃源诗》云："借问游方士，焉测尘嚣外？愿言蹑轻风，高举寻吾契。"诗人见溪水中漂浮的桃花而联想到桃源，有遁世隐居之意。

〔问渔船〕　《桃花源记》中误入仙境的是一渔人，故此处特言"问渔船"。

〔尽日〕　尽日犹言终日。

〔洞在清溪何处边〕　《桃花源记》曰："（渔人）缘溪行，忘路之远近。忽逢桃花林，夹岸数百步，中无杂树，芳草鲜美，落英缤纷。渔人甚异之，复前行，欲穷其林。林尽水源，便得一山。山有小口，仿佛若有光，便舍船从口入。”后人因此附会了各种传说，此诗中“洞”指“桃源洞”，“清溪”即指“桃花溪”。

山行留客

山光物态弄春晖，　莫为轻阴便拟归。
纵使晴明无雨色，　入云深处亦沾衣。

【笺注】

〔山行留客〕　此诗春游中作，同游者见天阴欲归，旭因作此诗相劝。其末句非久惯山行者不能道也。

〔山光物态弄春晖〕　山光，山色。物态，万物的状态。言山光物态随阴晴变化而变化，犹万物之弄情于春光。此“弄”字极好，活托出宜人春色。

〔沾衣〕　沾，浸，润。

春游值雨

欲寻轩槛倒清樽，　江上烟云向晚昏。
须倩东风吹散雨，　明朝却待入华园。

【笺注】

〔春游值雨〕　值，逢。诗人春游适逢降雨，遂酌酒赋诗，祈愿晚来风吹雨霁，来日可得乘兴山游也。

〔轩槛〕　指园林中亭馆闲敞之处。

〔倒清樽〕　倒，倾，即斟酒。樽，酒杯。倒清樽，谓斟酒独酌也。

〔烟云向晚昏〕　昏，暗。此言烟云至晚更浓，天色更加晦暗。

〔须倩〕　倩，请。

〔华园〕　即花园。华、花二字，古代通用。

书堂饮散复邀李尚书下马月下赋绝句

杜子美

湖月林风相与清，　残樽下马复同倾。
久拚野鹤如双鬓，　遮莫邻鸡下五更。

湖上林中，地已清矣；湖有月，林有风，景益清矣，故着“相与清”字。俗本作“湖上”，或作“湖水”，皆浅。既有“湖”，不须着“水”字；若云“湖上林风”，不得着“相与清”字。此工致细润，味之自知。“遮莫”，犹言尽教也，当时谚语。

焦益《楸树》一首：“楸树馨香倚钓矶，纷纷花落未应飞。不知醉里风飘尽，可忍醒时雨打稀。”

刘评：“钟情自道，风味宛然。”

【校】

《九家集注杜诗》卷三十三载此诗，题作《书堂饮既夜复邀李尚书下马月下赋绝句》。“湖月”，《九家集注杜诗》作“湖水”，《集千家注杜工部诗集》卷十八作“湖上”。焦竑所益《楸树》一首，乃杜甫《三绝句》之一，见《九家集注杜诗》卷二十一，第二句“纷纷花落”作“斩新花蕊”；第三句“不知醉里风飘尽”作“不知醉里风吹尽”。

【笺注】

〔书堂饮散复邀李尚书下马月下赋〕　《杜工部集》所载此诗之前，有《宴胡侍御书堂》一首，其下杜甫自注云：“李尚书之芳、郑秘监审同集，得‘归’字韵。”据考二诗乃大历三年春同时作。盖书堂宴毕，余兴未尽，又于月下开樽痛饮，伫兴而作此诗。李尚书，即李之芳也。

〔久拚野鹤如双鬓〕　拚，音判，舍弃，有甘愿之意。野鹤，鹤性孤傲，甫用以喻己之傲诞不羁。《世说新语·容止》：“嵇延祖（绍）卓卓如野鹤之在鸡群。”又，鹤毛白色，双鬓如鹤，言发已尽白。久拚者，是说自己年已衰老，更无所顾惜。

〔遮莫〕　宋严有翼《艺苑雌黄》：“遮莫，俚语，犹言尽教也。故当时有‘遮莫你古时五帝，何如我今日三郎’之说。然词人亦稍有用之者，杜诗云：‘久拚野鹤如双鬓，遮莫邻鸡下五更。’李太白诗‘遮莫枝根长百尺，不如当代多还往’、‘遮莫亲姻连帝城，不如当身自簪缨’……皆用此语。”罗大经《鹤林玉露》亦有释“遮莫”为“尽教”之说。尽教，即尽管，听任之意。清人吴景旭《历代诗话》卷三十九谓“遮莫即莫是之意”，似未谛。

〔邻鸡下五更〕　此言夜漏已尽，邻舍鸡将黎明报晓。庾肩吾《冬晓》诗：“邻鸡声已传。”

〔刘评云云〕　此焦竑录刘须溪评杜《楸树》诗语。见《集千家注杜工部诗集》卷八。

闺　怨

罗邺

梦断南窗啼晓乌，　新霜昨夜下庭梧。
不知帘外如珪月，　还照边庭到晓无？

江淹《别赋》：“秋露如珠，秋月如珪，明月白露，光阴往来，与子之别，思心徘徊。”此用其语，妙甚。杜工部“露从今夜白，月是故乡明”，又衍为十字，而情景入玄矣。

焦评：毛熙震小词“伤心一片如珪月”，亦用之。乃知此等语，脍炙人口久矣。

【校】

《万首唐人绝句》卷五十一载此诗，题作《秋怨》，末句“边庭”作“边城”。

【笺注】

〔罗邺〕　已见前《嘉陵江》诗注。《升庵诗话》卷十“三罗诗”条云：“晚唐江东三罗，罗隐、罗邺、罗虬也。皆有集行世，当以邺为首。如《闺怨》云云；《南行》云：‘腊晴江暖鹧鸪飞，梅雪香沾越女衣。鱼市酒村相识遍，短船歌月醉方归。’此二诗，隐与虬皆不及也。”《唐才子传》卷七：“邺尤长律诗。时宗人隐、虬俱以声格著称，遂齐名，号三罗。隐雄丽而坦率，邺清致而联绵，虬则区区而已。”

〔杜工部“露从今夜白”二句〕　见杜甫《月夜忆舍弟》诗。

〔毛熙震小词云云〕　毛熙震，蜀人，生卒年不详。仕后蜀，为秘书监。熙震擅词，《花间集》存其词二十九首。此引词名《后庭花》，见《花间集》。

登乐游原

杜牧

长空澹澹没孤鸿，　万古消沉在此中。
看取汉家何似业，　五陵无树起秋风。

此诗诸家皆选，而首句误作“孤鸟没”，不成句，今据善本正之。

【校】

《樊川文集》卷二及《万首唐人绝句》二十五所载，“没孤鸿”皆作“孤鸟没”。《升庵外集》卷七十一“书贵旧本”条云：“杜牧诗：‘长空澹澹没孤鸿’，今妄改作‘孤鸟没’，平仄亦拗矣。”胡震亨《唐音戊签》曰：“‘孤鸟没’，杨用修改为‘没孤鸿’，趁韵，误。”盖绝句诗首句可不入韵也。《樊川文集》《万首唐人绝句》二句“在”皆作“向”，三句“何似业”下注“一作‘事’。”《唐诗纪事》卷五十六所载作“何事业”。《唐音戊签》云：“作‘事’非。”

【笺注】

〔登乐游原〕　乐游原，即汉乐游苑。其地是当时长安北面至高点，每至上巳、重阳时，城中士女皆登临游宴（详见卷二李义山《柳》诗注）。此诗登临怀古，百感交集，既悲身世，又忧时政，满怀愤激之思，而又以旷达出之。叹汉业之泯灭，亦所以伤唐室之不振也。

〔澹澹〕　澹澹，旷远静谧貌。

〔看取汉家何似业〕　看取，即请看。唐人习用“取”字于动词后，表祈请之意。如听取、验取、问取皆是。《史记·高祖本纪》：“高祖奉玉卮，起为太上皇寿，曰：‘始，大人以臣无赖，不能治产业，不如仲力。今某之业所就，孰与仲多？’”刘邦自谓创下了统治天下的大业。杜牧此句则谓：请看当日汉家之业，而今又何如呢？

〔五陵无树起秋风〕　五陵，指长安城北的五个汉陵。班固《西都赋》曰："南望杜霸，北眺五陵。"李善注曰："高帝葬长陵，惠帝葬安陵，景帝葬阳陵，武帝葬茂陵，昭帝葬平陵。"又《三国志·魏书·文帝纪》：黄初三年制曰："丧乱以来，汉氏诸陵，无不发掘。"此云陵园毁坏，林木荡然，但有秋风时起而已。

观祈雨

李约

桑条无叶土生烟，　箫管迎龙水庙前。
朱门几处耽歌舞，　犹恨春阴咽管弦。

与聂夷中"二丝、五谷"之诗并观，有《三百篇》意。

【校】

《唐百家诗选》卷十一载此诗，第三句"耽歌舞"作"看歌舞"，四句"犹恨"作"犹恐"。《唐诗纪事》卷三十一同。

【笺注】

〔李约〕　李约，字存博，汧国公李勉之子，自号"萧斋"。宪宗元和中官兵部员外郎，后弃官归隐。《全唐诗》存诗十首。

〔桑条无叶土生烟〕　极言旱象严重，农桑尽废。

〔箫管迎龙水庙前〕　此句描写迎龙场面的热烈，表现农户盼雨的急切。水庙，即龙王庙。

〔朱门〕　指王侯贵幸之家。《晋书·麹允传》："麹允，金城人也，与游氏世为豪族。西州为之语曰：'麹与游，牛羊不数头；南开朱门，北望青楼。'"

〔耽歌舞〕　耽，沉湎，过分喜好。《尚书·无逸》："唯耽乐之从。"《传》云："过乐谓之耽。""耽歌舞"，沉溺于歌舞之中。

〔春阴咽管弦〕　咽，读作叶，声塞也。弦管润湿，影响音色，所以恨春阴也。

〔聂夷中二丝、五谷云云〕　聂夷中，字坦之，河东人，懿宗咸通十二年进士，为华阴县尉。有《伤田家》诗云："二月卖新丝，五月粜新谷。医得眼前疮，剜却心头肉。我愿君王心，化作光明烛。不照绮罗筵，只照逃亡屋。"

〔三百篇〕　指《诗经》。相传《诗》本三千余篇，经孔子删订，存三百一十一篇，其中笙诗六篇，有目无诗，实三百五篇，举成数曰"诗三百篇"。儒家认为《诗经》对统治者具有讽刺劝戒的作用，升庵以为此二诗言近旨远，亦有这样的作用，故谓其有"三百篇"意。

哀蜀人为南诏所俘

雍陶

云南路出洱河西，　毒草长青瘴雾低。
渐近蛮城谁敢哭？　一时收泪羡猿啼。

云南在唐为南诏，其蛮王阁罗凤及酋龙三犯成都，俘其巧匠、美女而归，至今大理有巧匠三十六行。近嘉靖中，取雕漆工廿余人，挈家北上，供应内府，皆蜀俘人之后也。

去乡离家，俘于异族，苦已极矣。又畏死吞声而不敢哭，所以羡猿声之啼也。一“羡”字妙，或改作“听”，非知诗者。

【校】

《唐诗纪事》卷五十六载此诗，题作《蛮界不许有悲泣之声》，其前二句作“云南路出陷河西，毒草长青瘴色低”。《唐百家诗选》《万首唐人绝句》所载并同，而题目稍异。

【笺注】

〔哀蜀人为南诏所俘〕　《唐百家诗选》卷十七录雍陶哀蜀人为南诏俘虏诗，《初出成都闻哭声》《过大渡河蛮使许之泣望乡国》《出青溪关有迟留之意》《别嶲州一时恸哭云日为之变色》《入蛮界不许有悲泣之声》凡五首。《唐诗纪事》略述其事云：“杜元颖为西川节度使，治无状。文宗大和三年，南诏蛮嵯巅乃悉众掩邛、戎、嶲三州，陷之。入成都，止西郛十日。掠子女、工技数万而南。至大渡河，谓华人曰：‘此吾南境，尔去国当哭。’众号恸，赴水死者十三。故陶赋蜀人为南蛮俘虏诗云云。”此即《蛮界不许有悲泣之声》诗，故“一时收泪羡猿啼”也。《资治通鉴·唐纪》文宗太和三年载之甚详。

〔雍陶〕　雍陶，字国钧，成都人。大和间擢进士第。尝为国子《毛诗》博士、简州刺史。有诗名，与贾岛、姚合相唱和。

〔洱河〕　洱河，古称叶榆水，又称西洱河，即今之洱海，在云南大理县东。

〔瘴雾〕　南方山川中蒸腾郁积的雾气。旧传人中之辄病。

〔蛮城〕　指大理，当时称羊苴咩城，为南诏王城。

〔南诏〕　国名。其先有六诏，蒙舍在最南，称“南诏”。诏，是“王”的意思。开元中，南诏皮逻阁统一六诏，入朝，玄宗赐名“归义”，世称蒙归义，封云南王。天宝九年，子阁罗凤立，据有云南地，徙治羊苴咩城，僭号“大蒙”。贞元十年，改号“南诏”，后又改“大礼”。后晋时为段氏所据，称“大理国”。其后为蒙古所灭。

〔南诏三犯成都事〕　据《新唐书·南蛮传》所载，南诏三犯成都时，南诏王阁罗凤已死。第一次为文宗太和三年(829)，南诏弄栋节度王嵯巅悉众掩卭、戎、嶲三州，“入成都，止西郛十日”，俘数万蜀人南归；第二次为懿宗咸通十一年（870)，“围成都，夜穿西北隅，犁旦乃觉”；三次为僖宗乾符元年（874），“掠成都，成都闭三日，蛮乃去”。后二次主者，皆南诏坦绰酋龙。坦绰，南诏官名，犹宰相也。

〔嘉靖〕　明世宗朱厚熜（音葱）年号嘉靖。

〔挈〕　挈，音切，携也。

〔内府〕　官署名，掌皇家仓库《周礼·天官·内府》：“内府掌受九贡、九赋、九功之货贿；良兵、良器以待邦之大用。”

章仇公席上咏真珠姬

何兆

神女初离碧玉阶，　彤云犹拥牡丹鞋。
应知子建怜罗袜，　顾步徘徊拾翠钗。

章仇兼琼为成都节度使。何兆，蜀之诗人。

【校】

据杨慎《谭苑醍醐》卷三“弓足”条引张君房《丽情集》所载，末句“顾步徘徊拾翠钗”作“顾步褰衣拾坠钗”，未署作者姓氏。《全唐诗》卷二百九十五何兆下未收此诗，而于卷三百十二范元凯下载此诗，未知其何据。按：卢肇《文标集》卷下载此诗，题作《戏题》，有注云：“肇初计偕至襄阳，奇章公方有真珠之惑。”诗前二句同，后二句作“知道相公怜玉腕，强将纤手整金钗”。《唐诗记事》卷五十五“卢肇”条所载与《文标集》同。《全唐诗》卷五百五十一复据之收作卢肇诗。何兆，生当中唐之世。而章仇兼琼乃开元中人。二人世次不同，无缘相逢。故今可判定此诗本为卢肇所作，后人以其后二句陋俗不伦，重为改作。误入范、何名下，殆出附会也。

【笺注】

〔神女〕　此借洛神以喻真珠姬。

〔彤云犹拥牡丹鞋〕　彤云指红裙，言裙裾拥足不露。宋玉《神女赋》:“动雾縠以徐步，拂墀声之珊珊。”

〔子建怜罗袜〕　子建，曹植字。其《洛神赋》有“凌波微步，罗袜生尘”之语，故诗称其“怜罗袜”。“怜”，爱也。

〔顾步徘徊拾翠钗〕　顾步，迟回周旋不进也。言其故意弯腰拾钗，露鞋弄情。此诗着意刻画妖媚妇人的神态。

〔章仇兼琼、何兆〕　章仇兼琼，开元二十七年权领剑南节度使，历官八年。何兆，蜀人，生平不详，与大历十才子卢纶、李端交，其无缘上干章仇可知。故此诗为卢肇所作无疑。卢肇，字子发，袁州人。会昌三年状元及第。历官秘书省著作郎、仓部员外，充集贤院直学士。咸通中历歙、宣、池、吉四州刺史，有治声。

临邛怨

李余

藕花衫子柳花裙，　多着沉香慢火薰。
惆怅妆成君不见，　空教绿绮伴文君。

李余，成都人，文宗太和八年状元。蜀士在唐居首选者八人：武后垂拱三年，射洪陈伯玉；玄宗开元四年，内江范金卿；德宗贞元七年，阆州尹枢；宪宗元和八年，枢弟尹极；文宗太和五年，夔州李远；八年，成都李余；昭宗龙纪元年，巴州张曙；大中七年，绵州于瓌。

【笺注】

〔临邛怨〕　临邛，地名，即今四川省邛崃市，是卓文君的故乡。司马相如将聘茂陵人女为妾，卓文君作《白头吟》以自绝，相如乃止（见《西京杂记》）。此诗借闺怨以自伤也。

〔沉香〕　沉香，又名水沉，一种名贵的香料。据《南越志》载："交趾蜜香树，先断其老木根，经年，其外皮干俱朽烂，木心与枝节不坏，坚黑沉水者，即沉香也。"

〔绿绮〕　琴名。《文选·张载·拟四愁诗》："佳人遗我绿绮琴。"李善注引傅玄《琴赋》序云："司马相如有绿绮琴。"

〔文君〕　即卓文君，汉临邛巨富卓王孙之女，司马相如妻。《史记·司马相如传》："卓王孙有女文君新寡，好音，故相如以琴心挑之。文君窃从户窥之，心悦而好之，恐不得当也，既罢。相如乃使人重赐文君侍者，通殷勤。文君夜亡奔相如。"

〔李余〕　李余，成都人，应试十年，长庆三年始登进士第，旋即返蜀。当时，张籍、贾岛、姚合、朱庆余都有送李余及第归蜀诗。徐松《登科记考》在长庆三年李余下并录诸人之诗。然该书于文宗太和七年进士科又复出李余为第一，并于其下注云："《玉芝堂谈荟》：'太和八年状元李余，成都人。'按八年状元为陈宽，则李余当在此年。"徐松此说据明徐应秋《玉芝堂谈荟》。然《谈荟》"太和八年状元李余"之说，实本之升庵，非有他证也。而升庵蜀人，好矜夸蜀中人士，他在本诗之后所举的八人，除两三人于史可征外，余皆不可全信也，亦不全是蜀人。

〔陈伯玉〕　陈子昂，字伯玉，梓州射洪人，武后文明元年登进士第，授麟台正字。历官至左拾遗。圣历元年，以父老归侍，为县令段简所害。

〔范金卿〕　范崇凯，字金卿，内江人。善属文，玄宗开元四年，献《华萼楼赋》，擢第一。

〔尹枢〕　尹枢，阆州人。德宗贞元七年进士第一，时年七十。见《唐摭言》卷八“自放状头”条。

〔尹极〕　枢弟尹极，仕履于史无征。《登科记考》据《玉芝堂谈荟》以尹极为宪宗元和八年状元。而《玉芝堂谈荟》所据，则升庵此说。《太平广记》卷一百八十有“尹极”条，所记与《唐摭言》记尹枢事同，当是误“枢”为“极”。

〔李远〕　李远，字求古，夔州云阳人。大和五年杜陟榜进士及第，历杭、建二州刺史。见《唐才子传》卷七。

〔张曙〕　张曙，昭宗大顺二年进士及第。《北梦琐言》卷四：“唐右补阙张曙，吏部侍郎褧之子，祎之侄。”据《旧唐书》卷一百六十二，张祎南阳人，非蜀人。

〔于瓌〕　《唐诗纪事》卷五十三“于瓌”条云：“瓌字正德，敖之子也。大中七年进士第一人，时为校书郎。”按：于敖，高陵人。高陵属京兆府，则于瓌非绵州人也。

寒　食

玉轮江上雨丝丝，　公子游春醉不知。
剪渡归来风正急，　水溅鞍帕嫩鹅儿。

元微之称蜀士李余、刘猛工为新乐府诗。李余传者，仅此二首。

【笺注】

〔寒食〕　清明前二日。《艺文类聚》卷四引魏武帝《明罚令》曰："闻太原、上党、西河、雁门冬至后百五日皆绝火寒食，云为介子推。"梁宗懔《荆楚岁时记》亦云："去冬节一百五日，即有疾风甚雨，谓之寒食，禁火三日。"可知古时南北皆有此俗。

〔玉轮江〕　陆善长《水经》："玉轮江，源出玉轮山，在蜀西。"

〔剪渡〕　《说文》："剪，齐断也。"剪渡，谓骑马截江横渡。

〔水溅鞍帕嫩鹅儿〕　鞍帕，即障泥，用以遮挡马蹄溅起的泥浆，又是马的饰具。《世说新语·术解》："王武子善解马性，尝乘一马，着连钱障泥，前有水，终日不肯渡。王云：'此必是惜障泥。'使人解去，便径渡。"嫩鹅儿，雏鹅，其绒毛色黄，多用以比喻嫩黄色。此处用指鞍帕上所绣的淡黄色花饰。

〔元微之称蜀士云云〕　《元氏长庆集》卷二十三，《乐府古题序》曰："昨梁州进士刘猛、李余，各赋《古乐府诗》数十首，其中一二十章，咸有新意，予因选而和之云云。"即升庵所指。

〔余诗传者，仅此二首〕　据《唐诗纪事》卷四十六载："张为作《主客图》，以孟云卿为高古奥逸主，以余为入室。取其句云：'长安东门别，立马生白发。''霁后轩盖繁，南山瑞烟发。''尝忧车马繁，土薄闻水声。'"此虽断句，然亦李余诗之可见者。

华清宫

杜常

行尽江南数十程，晓星残月入华清。
朝元阁上西风急，都入长杨作雨声。

宋周伯弜《唐诗三体》以此首为压卷第一。《诗话》云："杜常、方泽，姓名不显，而诗句惊人如此。"按杜常乃宋人，杜太后之侄，《宋史·文苑》有传。《孙公谈圃》亦以为宋人。《范太史集》有《手记》一卷，纪时贤姓名，而杜常在其列，下注"诗学"二字，其为宋人无疑。周伯弜误矣，然诗极佳。

"晓星"今本作"晓风"，重下句"西风"字，或改作"晓乘"，亦不佳。余见宋敏求《长安志》，乃是"星"字。敏求又云："'长杨'非宫名，朝元阁去长杨五百余里。此乃风入长杨，树叶似雨声也。"深得作者之意。

此诗姓名时代误，"晓风"字误，"长杨"意误，特为正之。

【校】

"《范太史集》有《手记》"，原作"《范蜀公文集》有《笏记》"。按《范蜀公文集》为范镇的文集，中无《笏记》之目。

检范祖禹《范太史集》卷十二有《笏记》一篇，然为告老引退之辞，与升庵所说“记时贤姓名”无涉，而于同书卷五十五有《手记》一则，记一时交游名流一百九十七人姓名，中有“杜常”，其名下亦注有“诗学”二字。则升庵所举实为此书。《丹铅余录》卷十四录此，即只书名误而“手记”二字不误。可知此误，实乃升庵偶然记忆之疏也，今为改正。“晓星”，明洪武抄本《西清诗话》卷下作“晓风”，元杨士弘《唐音》卷十四“杜常”下所载同；《苕溪渔隐丛话》前集卷二十四引《西清诗话》载作“晓乘”。又升庵所谓“《长安志》作‘星’字”云云，《四库全书总目提要》云：杨慎“谓杜常《华清宫》诗见《长安志》，诗中‘晓风’乃作‘晓星’。检今本实无此诗。盖慎喜伪托古书，不足为据，非此志有所残缺”。

【笺注】

〔华清宫〕　唐时行宫名，在陕西临潼骊山上。原名温泉宫，玄宗天宝六年改名华清宫。

〔杜常〕　杜常传见《宋史》卷三百三十，不在《文苑》之中。杜常，字正甫，卫州人。宋神宗昭宪皇后族孙。元丰中，知郓州，权发遣秦凤等路提刑。崇宁中官工部尚书。升庵此云“杜太后侄”，误。

〔数十程〕　程，指驿程，两驿站之间的路程，称为一程。

〔朝元阁〕　阁在骊山华清宫之南。

〔长杨〕　元李好文《长安志图》卷中：“长杨，关中人家园圃池沼多植白杨，今景龙池尤多，皆大合抱，长数丈，叶厚多风，恒如有雨。因忆唐人诗：‘朝元阁上西风急，都入长杨作雨声。’正谓此树，以见故宫悲凉之意也。说者以‘长杨’为汉宫，今宫在盩厔，去骊山百余里，殊无相涉。”升庵所见当即此书。此书明李经合刻于宋敏求《长安志》之首，故升庵误以为出《长安志》也。元吴师道《吴礼部诗话》亦云：“‘长杨’止以树言尔。”

〔周伯弜《唐诗三体》〕　伯弜，周弼之字，弜音强。《唐诗三体》，即《三体唐诗》，此首为其书开卷第一首。

〔《诗话》云云〕　元杨士弘《唐音》卷十四“杜常”下载此诗，注云：“《三体诗》注谓新旧《史》及唐诸家小说并无杜常姓名，惟《孙公谈圃》以杜常为宋人。《西清诗话》亦曰：‘世有才藻标名而词不逮者，有不以文艺称而语惊人者。如近传《华清宫》一绝，乃杜常；《武昌阻风》乃方泽也。’按三说，则杜常、方泽皆宋人，伯弼诗学传家，列之于唐，必有所据，更俟传闻者是之。”升庵此条，即就《唐音》此注为辨说也。所谓“诗话”，即《西清诗话》，宋蔡絛撰，今存明洪武抄本三卷。

〔《孙公谈圃》〕　《孙公谈圃》，宋刘延世录所闻于孙升之语。孙升，字君孚，高邮人。元祐中官中书舍人。所记杜常梦兆登第事，见该书卷三。

〔“晓星”今本作“晓风”云云〕　元《吴礼部诗话》云：“‘晓风’，以陈仁《诗统》作‘晓乘’为是，下有‘西风’字，不应重用也。”升庵即据此为说。明瞿佑《归田诗话》亦云：“舃见一善本作‘晓乘残月入华清’，疑作‘晓乘’者为是。”

按：明朱孟震《玉笥诗谈》卷上记载此诗石刻出处事甚详，录之以备参考。其文云：“临潼骊山华清宫，温泉在焉。

中有萃玉亭，皆宋元及今人诗刻。内杜常诗四篇：《晓至华清》《夜雨晨霜》《温泉》《骊山》云云。前题‘权发遣秦凤等路提点刑狱公事太常寺杜常’，后跋云：‘正甫大寺自河北移秦凤，元丰三年九月二十七日过华清，有诗四首。词意高远，气格清古，邑人曹端仪既亲且旧，因请副本，勒之方石，以传不朽。闰九月初一日，颍川杜诩记。’及观杨修撰《丹铅余录》载诗话云云。修撰当时岂未见兹刻耶？然前诗首句云‘行尽江南数十程，晓风残月入华清’，而此刻稍异。今《临潼志》并存之，一作‘唐杜常’，一作‘宋杜常’。又《骊山》首句大类唐吴融《华清诗》，仅易数字，岂杜熟唐人诗，而暗合耶？抑用其语而稍易以后意也。又《温泉》诗‘年’‘山’非一韵，而《志》作宋王素诗，何也？石刻真与伪，良不可知！以多识如杨公，当时何不见此？惜生也晚，不及一请质也。”

玉蕊花

严休复

羽车潜下玉龟山，　尘世何缘睹蕣颜。
惟有多情天上雪，　好风吹上绿云鬟。

【校】

此诗原题何兆作。按：此诗《唐诗纪事》四十六、《万首唐人绝句》卷八、《全芳备祖》前集卷六并题作严休复诗，二句“何缘”皆作“何由”，三句“多情天上雪”皆作“无情枝上雪”，四句“吹上”皆作“吹缀”。《剧谈录》记长安唐昌观玉蕊花事后，附载严休复此诗及元稹、刘禹锡、白居易等人诗。白居易诗升庵已录入本书卷二，不知何以又录此诗为何兆之作？岂偶失检照耶？《全唐诗》于严休复、何兆下两载此诗，盖据升庵而误。今据诸书改作者为严休复。

【笺注】

〔玉蕊花〕　玉蕊花事，见康骈《剧谈录》，云："上都安业坊唐昌观，旧有玉蕊花甚繁，每发若瑶林琼树。元和中，春物方盛，车马寻玩者相继。忽一日，有女子年可十七八，衣绣绿衣，乘马，峨髻双鬟，无簪珥之饰。容色婉约，迥出于众。从以二女冠，三女仆。仆者皆丱头黄衫，端丽无比。既下马，以白角扇障面，直造花所。异香芬馥，闻于数十步之外。观者以为出自宫掖，莫敢逼而视之。伫立良久，令小仆取花数枝而出。将乘马，回谓黄冠者曰：'曩者玉峰之约，自此可以行矣。'时观者如堵，咸觉烟霏鹤唳，景物辉焕。举辔百步，有轻风拥尘，随之而去。须臾尘灭，望之已在半天，方悟神仙之游。余香不散者，经月余日。"其后并录严休复、元稹、刘禹锡、白居易诸人《闻玉蕊院真人降》诗。一时传闻籍籍，张籍、王建、杨凝诸人皆有和作。"玉蕊花"，升庵以为即"琼花"（见《升庵文集》卷七十八），胡应麟辨之甚详（见《少室山房笔丛》卷十一）。文繁不录。

〔羽车〕　翠羽饰车盖的车子。

〔玉龟山〕　玉龟山，仙山，指仙女所云之"玉峰"。此用梁武帝《玉龟曲》中"玉龟山，真长仙"语（《乐府诗集》卷五十一"清商曲辞"载此曲）。

〔蕣颜〕 蕣，音舜，仙草名，即蕿。《说文》：“蕿，茅藚，一曰蕣。”《尔雅》：“藚，蕿茅。”《离骚》：“索蕿茅以筳篿。”注：“蕿茅，仙草。”

〔惟有多情枝上雪，好风吹上绿云鬟〕 玉蕊花，色白如琼玉，故以雪为比。“绿云鬟”，绿云，形容妇女头发乌黑；鬟，一种环形发式。

读杜紫微集

崔道融

紫微才调复知兵，　常觉风雷笔下生。
犹有枉抛心力处，　多于五柳赋闲情。

梁昭明太子序《陶渊明集》云：“白璧微瑕，惟在《闲情》一赋。”杜牧尝注《孙武子》，又作《守论》《原十六卫》，皆有经济之略，故道融以此艳词少之。

杜牧尝讥元、白云：“淫词媟语，入人肌肤，吾恨方在下位，不得以法治之。”而牧之诗淫媟者，与元、白等耳，岂所谓“睫在眼前犹不见”乎！

【校】

此诗见《万首唐人绝句》卷四十七，“长觉”作“长遣”，“犹有”作“还有”。《新唐书·艺文志》著录“杜牧注《孙子》三卷”。此处说“尝著《孙武子》”，“著”字当为“注”字之误。今据改。

【笺注】

〔杜紫微集〕　此指杜牧《樊川文集》，今存二十卷。据《唐书·百官志》载："开元元年，改中书省为紫微省。"杜牧尝为中书省舍人，故称。牧为人倜傥，好言兵。其文奇警纵横，皆有为而发，诗亦清新俊迈，七绝尤为世所推崇。然其淫媟的作品亦复不少，故道融作此诗讥之。

〔崔道融〕　崔道融，荆州人，以征辟为永嘉令，累官右补阙。避地入闽依王审知，未几病卒。尝与司空图为诗友。有《申唐诗》《东浮集》。

〔才调〕　才调，犹言才气，指其才华横溢，气格高迈。

〔犹有枉抛心力处，多于五柳赋《闲情》〕　五柳，指陶潜。陶潜，字渊明，浔阳柴桑人。有高节，为时所重。尝为彭泽令，郡遣督邮至县，吏曰："应束带见之。"潜叹曰："我不能为五斗米，折腰向乡里小人！"即日解印绶去。沈约《宋书·陶渊明传》云："潜少有高趣，尝著《五柳先生传》以自况，其自序如此，时人谓之实录。"后人遂称陶渊明为"五柳先生"。渊明著有《闲情赋》一篇。梁昭明太子编辑《陶渊明集》，序曰："白璧微瑕，惟在《闲情》一赋，扬雄所谓'劝百而讽一'者乎？卒无讽谏，何足摇其笔端？惜哉，无是可也！"即"枉抛心力"之意。

〔昭明太子〕　梁武帝长子萧统，字德施，天监元年立为太子，年三十一薨，谥曰"昭明"。他爱好文学，博极群书。所编《文选》三十卷，是现存最早的一部诗文总集。

〔《守论》《原十六卫》〕　二文皆见《樊川文集》。

〔经济之略〕　经世济民的谋略。

〔少之〕　少之，轻视他。

〔杜牧尝讥元、白云云〕　此实杜牧记述李戡之语，见《樊川文集》卷九《唐故平卢军节度巡官陇西李府君墓志铭》谓戡："所著文数百篇，外于仁义一不关笔。尝曰：'诗者可以歌，可以流于竹，鼓于丝，妇人小儿皆欲讽诵。国俗薄厚，扇之于诗，如风之疾速。尝痛自元和以来，有元、白诗者，纤艳不逞，非庄士雅人，多为其所破坏。流于民间，疏于屏壁，子父女母，交口教授，淫言媟语。冬寒夏热，入人肌骨，不可除去。吾无位不得用法以治之，欲使后代知有发愤者。'因集国朝已来类于古诗得若干首，编为三卷，目为《唐诗》，为序以道其志。"然《新唐书·白居易传赞》引此，已视为杜牧之语了。媟通亵，轻慢之意。

〔睫在眼前犹不见〕　此杜牧《登池州九峰楼寄张祜》诗中句。《唐诗纪事》卷五十二云："杜牧之守秋浦，与祜游。酷吟其《宫词》，亦知乐天有非之之论，乃为诗曰：'睫在眼前人不见，道超身外更何求。谁人得似张公子，一首诗轻万户侯。"其句意原在讥白之不识张祜诗。升庵引之，乃是赞同崔意，转取其句而讥其暗于自见也。"睫在眼前"典出《史记·越王勾践世家》。越王将伐齐，齐使人说越王曰："幸也，越之不亡也！吾不贵其用智之如目，见毫毛而不见其睫也。今王知晋之失计，而不自知越之过，是目论也。"

附　录

明史·杨慎传

杨慎，字用修，新都人，少师廷和子也。年二十四，举正德六年殿试第一，授翰林修撰。丁继母忧，服阕，起故官。十二年八月，武宗微行，始出居庸关，慎抗疏切谏，寻移疾归。

世宗嗣位，起充经筵讲官。常讲《舜典》，言："圣人设赎刑，乃施于小过，俾民自新。若元恶大奸，无可赎之理。"时大珰张锐、于经论死，或言进金银获宥，故及之。

嘉靖三年，帝纳桂萼、张璁言，召为翰林学士。慎偕同列三十六人上言："臣等与萼辈学术不同，议论亦异。臣等所执者，程颐、朱熹之说也。萼等所执者，冷褒、段犹之余也。今陛下既超擢萼辈，不以臣等言为是，臣等不能与同列，愿赐罢斥。"帝怒，切责，停俸有差。逾月，又偕学士丰熙等疏谏。不得命，偕廷臣伏左顺门力谏。帝震怒，命执首事八人下诏狱。于是慎及检讨王元正撼门大哭，声彻殿庭。帝益怒，悉下诏狱，廷杖之。阅十日，有言前此朝罢，群臣已散，慎、元正及给事中刘济、安磐、张汉卿、张原，御史王时柯实纠众伏哭。乃再杖七人于廷。慎、元正、济并谪戍，余削籍。慎得云南永昌卫。先是，廷和当国，尽斥锦衣冒滥官。及是伺诸途，将害慎。慎知而谨备之。至临清始散去。扶病驰万里，惫甚。

抵戍所，几不起。

五年，闻廷和疾，驰至家。廷和喜，疾愈。还永昌，闻寻甸安铨，武定凤朝文作乱，率僮奴及步卒百余，驰赴木密所与守臣击败贼。八年，闻廷和讣，奔告巡抚欧阳重请于朝，获归葬，葬讫复还。自是，或归蜀，或居云南会城，或留戍所，大吏咸善视之。及年七十，还蜀，巡抚遣四指挥逮之还。嘉靖三十八年七月卒，年七十有二。

慎幼警敏，十一岁能诗。十二岁拟作《古战场文》《过秦论》，长老惊异。入京，赋《黄叶诗》，李东阳见而嗟赏，令受业门下。在翰林时，武宗问钦天监及翰林："星有注张，又作汪张，是何星也?"众不能对。慎曰："柳星也。"历举《周礼》《史记》《汉书》以复。预修《武宗实录》，事必直书。总裁蒋冕、费宏尽付稿草，俾削定。尝奉使过镇江，谒杨一清，阅所藏书。叩以疑义，一清皆成诵。慎惊异，益肆力古学。既投荒多暇，书无所不览。尝语人曰："资性不足恃。日新德业，当自学问中来。"故好学穷理，老而弥笃。

世宗以议礼故，恶其父子特甚，每问慎作何状。阁臣以老病对，乃稍解。慎闻之，益纵酒自放。明世记诵之博，著作之富，推慎为第一。诗文外，杂著至一百余种，并行于世。隆庆初，赠光禄少卿。天启中，追谥文宪。

唐绝增奇序

予尝品唐人之诗，乐府本效古体，而意反近；绝句本自近体，而意实远。欲求风雅之仿佛者，莫如绝句。唐人之所偏长独至，而后人力追莫嗣者也。擅场则王江宁，骖乘则李彰明，偏美则刘中山，遗响则杜樊川。少陵虽号大家，不能兼善，一则拘乎对偶，二则汩于典故。拘则未成之律诗，而非绝体；汩则儒生之书袋，而乏性情。故观其全集，自“锦城丝管”之外咸无讥焉。近世有爱而忘其丑者，专取而效之，惑矣！昔贤汇编唐绝者，洪迈混沌无择，珉玉未彰。章、涧两泉盛行今世，既未发覆于庄语，仍复添足于谢笺。其余若伯弜、伯谦，柯氏、高氏，得则有矣，失亦半之。屏居多暇，诠择其尤。诸家脍炙，不复雷同；前人遗珠，兹则缀拾。以《唐绝增奇》为标题，以神、妙、能、杂分卷帙。逃虚町庐，聊以自娱，跪石之吟，下车者谁与！

绝句辨体序

梅都官《金针诗格》云：“绝句者，截句也。四句不对者，是律诗首尾四句也；四句皆对者，是截律诗中间四句也；前对后不对者，是截律诗后四句也；后对前不对者，是截律诗前四句也。”此言似矣，而实非也。余观《玉台新咏》，齐梁之间，已有七言绝句，迥在七律之先矣。然唐人绝句，大率不出此四体。其变格则又有仄韵，盖祖古乐府；有换韵，祖《乌栖曲》；有四句皆韵，祖《白纻辞》；又有仄起平接而不对者，又一体。作者虽多，举不出此八体之外矣。园庐多暇，命善书者汇而录之，亦遣日之具，胜博弈之为云尔。

唐绝精选序

昔洪容斋汇集唐人绝句至五千首，中多孱入宋人之作，识者病其多且滥。今世所脍炙，惟章泉所选，仅百首，识者病其挂漏。吾友张子愈光，取唐诸集及小说偏记，的然可传者，凡数百首，为《唐绝精选》。视容斋所集，既汰马肝、鱼乙之累；比章泉所录，又免骊珠、虹玉之遗。盖酥之醍醐，香之旃檀，宝之靺鞨，竹之紫脱乎？愈光以诗鸣天下，故所选得其三昧若此。将鸠中山之文木，刻母叟之家林。欣然题辞，以诒同嗜云。